君の悲しみが美しいから僕は手紙を書いた

若松英輔

河出書房新社

君の悲しみが美しいから僕は手紙を書いた　目次

装幀＝岡澤理奈

君の悲しみが美しいから僕は手紙を書いた

I

涙のうちに種まく者は、喜びのうちに刈り取る

お会いしたいと願っているのですが、なかなか思うようにならないので手紙を書くことにしました。

悲しむ者を見ると人は、すぐに励ましますが、そんな振る舞いに出会うたびに、どうしたら悲しみの不思議は理解されるのだろうと感じます。

同じ悲しみなど、けっしてありませんから、本人のほか誰も、その悲しみの本体を知り得ようはずがありません。当然のことなのですが、世の中は、なかなかそのように動いておりません。

現代ではいつからか、悲しみは嘆かわしい、惨《みじ》めなだけの経験であるかのよう

に語られるようになってしまいました。

かつては違ったのです。悲しみは、人間がこの世で感じ得るもっとも高貴な営みの一つでした。

詩歌は、亡くなった人を悼《いた》む挽歌《ばんか》に始まったという人がいます。耐《た》えがたい悲しみのあまりに発した呻《うめ》きが詩の母だと言うのです。

挽歌は、悲歌《ひか》とも呼ばれます。近代西洋の詩人ですが、リルケの作品などを読んでいると悲歌ほど美しい詩のかたちはないのではないかと思われます。深い悲しみを謳《うた》う言葉は、深い美しさすら照らし出すようにも感じられるのです。

詩人とは、私たちの心のなかにあって容易に言葉にならない思いを、文字に刻む者への呼び名です。真実の詩人たちは、詩は作るのではなく、その訪れをじっと待つのだと語ります。

代表作となった『ドゥイノの悲歌』と題する作品にリルケは、十年の歳月を費やしました。十年の間、日々推敲《すいこう》を繰り返したのではないのです。言葉の訪れを待っていたら、それだけの月日が経っていたのでした。詩を作るとは、亡くなった者、死者と天使から委託される思いを言葉にすることだ、とリルケはその作品に書いています。

到来する思いは必ずしも、詩人たちに必要とされているものではありません。しかし、それを必要としている人が別なところにいることを彼らは知っています。思いは、あまりに生々しくて、普通の人間には扱いづらい。詩人は、それを本当に必要としている者がしっかりと受け止められるようにと、言葉で詩に謳うのです。詩人はいわば、言葉の配達人のような存在です。ですから優れた詩は常に、時空をこえてやってくる未知なる者からの手紙なのです。

手紙はときに、何の前ぶれもなくやってきます。書物との出会いも、それに似たところがあって、人が本を選ぶのではなく、本が人を呼ぶ、そう感じられることがあります。

部屋で独り、今、あなたにこうして手紙を書いている私にも、どこからか目の前のある本を開けとの促しがあるのです。そこで見たのも、やはり詩でした。旧約聖書の「詩編」です。

紀元前五九七年に「バビロン捕囚《ほしゅう》」と呼ばれる出来事が起こります。新バビロニア王国によってユダヤ人たちの国が占領され、彼らは故郷を離れることを強いられ、敵地の首都バビロンをはじめとした地域に移住させられるのです。

彼らは、長年暮らした土地だけでなく、独自の風習も、信仰の象徴である神殿も失います。離散せざるを得なかった家族もいました。そうした無名の、しかし無数の、人々の深い悲しみと嘆き、呻《うめ》きが宿っているのが「詩編」です。そこにこんな一節がありました。

わたしの日々は煙のように消え、
わたしの骨は炉のように燃えています。
わたしの心は日に焼かれた草のように枯れ、
わたしはパンを食べることさえ忘れました。
〔中略〕
わたしは眠れません。

屋根の上の鳥のようにただ独り。
〔中略〕
わたしはパンのように灰を食べ、
飲み物に涙を混ぜています。

（「詩編」フランシスコ会聖書研究所訳）

かつての平安の日々は煙のように消えてしまった。突然、日常の生活が覆《くつがえ》されたことへの思いは言葉にならないまま、今も消え去らない。心は飢え、渇き、食べ物を口にすることすら忘れた。眠ることもできない。夜通し鳴く鳥のように泣き暮らしている、というのです。
灰を頭からかぶるのは、ユダヤ人にとって亡き者に対する悲しみの表現でした。この一語から、詩を口にした人は、つらい死別を経験していることが分かります。逝《い》った人を思い、あふれる涙は、飲みものに混ざるほどとめどなく流れ続け、自分では止めることができないのです。

あなたには、ここにいっさいの誇張がなく、すべてが現実の出来事であることが、お分かりだと思います。

たしかに悲しみは、容易に癒《い》えません。しかし、この一節から私は、全身を包むほどの大きな光が放たれているのを感じます。こうした苛酷な日々を生きている人がいる。そのことが貴《とうと》く思われるのです。

先の一節を口にした、故郷を遠く離れたひとりのユダヤ人は、自分の経験が、二千五百年以上もあとに生まれた私の魂を揺り動かすことなど考えもしなかったでしょう。でも、そうしたことは起こります。自分の苦しみと悲しみを背負って精一杯生きている、それだけで、時空を超えたところにいる人間を救うことがあるのです。

詩編の一節から放たれる光は、今も、私があなたに見ているものと同じものです。あなたからの光が私を闇から救い出してくれました。あなたが、今もこうして悲しみを生きていることが、暗闇にあった私の光となったのです。あなたがいなければ、私はこの言葉にめぐりあうことはできませんでした。今日は、これらの言葉に出会わせてくださった御礼をお伝えしたくて筆を執りました。
先の言葉を読みながら、少し聖書の頁をめくると次のような言葉が待っていました。

涙のうちに種蒔《ま》く者は、喜びのうちに刈り取る。

（「詩編」）

くれぐれもご自愛下さい。お目にかかる日が、遠くないことを願っております。

限りない幸福

先日は、お休みのところ、遠くからお運びくださいましてありがとうございました。こころから御礼申し上げます。

講演とはいっても、私から何かをお伝えすることより、皆さんにお目にかかってお話しさせていただくことが願いでした。

はじめてお会いしたのですが、久しぶりに再会したような気が致しました。講演のあと、声をかけてくださったあなたは、しばらく話したあと、これだけは伝えたいという様子でこう言いました。

「自分は、妻と一歳だった次男、そして両親を津波で亡くした。今は、十三歳の長男といっしょに暮している。あなたも奥さんを亡くされたが、病気だった。いくらかは覚悟する時間があったのだろうか。自分の場合はあまりに突然で……」

人は、いつか別れなくてはならない。たとえそうだとしても、違ったかたちであれば、ここまで悲しまないのではないか。納得できないまでも、覚悟するということがあるのではないか。あなたが熟慮《じゅくりょ》を重ねられたことは、その声からも感じられました。

とはいっても、こんな感想も、あとで思ったことに過ぎません。あなたの問いかけに私は、ほとんど反射的にお応《こた》えしたのを覚えています。

「いいえ、彼女の死は、私にとっても突然でした」

考える前に言葉が出ていました。

それを聞いて自分でも驚いたほどです。あなたに向かって答えたとき、あなたと同じ問いが意識の奥で、自分にもあったことが分かったのです。

妻が亡くなることを前提に最後の日々を過ごすことができたら、人生は違ったのではないかということを、私は、これまであえて考えようとしなかったことに気が付きました。

妻にガンが見つかったのは、彼女が亡くなる十一年前でした。そして、亡くなる一年ほど前に再発します。振り返ってみれば最後の半年は、いつ逝っても不思議ではありませんでした。最期に彼女は、酸素マスク越しに小さな声で「つかれちゃった」と言い残して亡くなります。

愚かだと思われるかもしれませんが、数キロにもなる腹水を何度も取り、また、呼吸をむずかしくするほどの胸水を何度も抜いても、私は良くなることを疑わなかった。死を予想した「準備」を私たちは、いっさいしませんでした。

葬儀で飾る写真もありませんでした。特別なことをして、思い出を作るようなことは考えもしなかった。しなかったのではなく、できなかった。一日一日というよりも一瞬一瞬を生きることしかできなかったのです。

でも、苛酷な闘病を強いられた妻には、まったく違う実感があったろうことは、今なら容易に分かります。「つかれちゃった」との一言も、彼女が自分のためでなく、良くなることを願っている私と彼女の家族のために生きようとしていたことをはっきりと物語っています。

あのとき、こんなことは話しませんでしたが、あなたも私の応えを聞くと、何かに本能的に反応するように、しかし、深く納得する様子でこう言いました。

「そうか、やっぱりそうか。やっぱりそうなんだ」

あなたは、少し安堵したようで、悲しげでしたが、静かな微笑みがそこにありました。心の奥であなたはすでに、愛する者との別れとは――真に別離と呼ぶべき出来事は――、どんなかたちをとっても、常に突然であることをよく知っているようでした。

あなたの言葉は、遥かな世界をかいま見た者が発する響きをそなえていました。その声を聞きながら同時に、あなたが背負っている悲しみが、私には到底《とうてい》うかがいしれないほどの深みにあることも感じられました。

それと同時に、「やっぱりそうか」とあなたが言ったとき、私は、本当に救われた心地《ここち》がしたのです。あなたがそういってくれたことで、私もまた、あなたのいる悲しみの淵《ふち》から湧き出る水を少し口にしたように感じられたのです。

愛惜《あいせき》という言葉があります。「惜しい」は、「おしい」と読みますが、「愛《いと》しい」もかつて「おしい」と読んだ、とある本で読みました。誰かを愛するとは、どこまでその人のことを思っても、やはり別れは「惜しい」と感じることだというのです。

十八世紀イギリスの詩人テニスンがこんな詩を書いています。彼も大切な人を喪《うしな》い、十年以上たったあとに、こう謳ったのです。

愛してそして死なれた人は、
愛したことのない人よりも、どんなに幸福かしれない……
（『イン・メモリアム』入江直祐訳）

こんなことをいうと誤解されるかもしれません。でも、あなたならきっと、お分かりいただけると思うのです。先立つことは、人間が行い得るもっとも貴い行いではないでしょうか。残った人は、愛する者の死を経ることで、愛するとは何かを真に知るのではないでしょうか。

たしかに、残された者は悲しみを背負わなくてはなりません。しかし悲しむとき、相手が生きているときには感じることのできなかった深い情愛が生まれます。情は、「こころ」と読みます。それは、真心のことでもあります。自分のなかにこれほどまでに人を思うことができるのかと感じられるほど強い、確かな感情が湧きあがります。

愛するとは何であるかが、おぼろげながらに私が感じられるようになったのは妻の没後です。それまでは、自分にとって大切なものを大切にすることだと思っていました。

しかし今は、愛とは、与えるものでも受けとるものでもなく、生みだすもののように感じられます。そして、それを受けとるのは、自分たちではないようにも思われるのです。私たちの情愛で私たちの知らない人の心が温《あたた》まる。同じように私たちも、自分たちの知らない人々の情愛によって生かされている。

生きているのですから、生者同士で情愛を育《はぐく》むのはもちろんですが、必ずしも生者だけでなくてもよいと思うようになりました。情愛は見えない。見えないものを、死者という見えない者と見えないかたちで作ることができても、まったく不思議なことではないと思うのです。

ある日、こんな詩を見つけました。これを読んだとき、まっさきに思い出したのは、お会いすることのなかったあなたの奥様です。あなたとお話ししているあいだずっと、お顔も知らない奥様とお子さんがそばにいるのを感じていました。

生者と生者の出会いは、生者と死者、そして死者と死者の出会いなのかもしれません。私があなたにはじめて会った気がしなかったようにきっと、私の妻とあなたの奥様もきっと同じ気持ちでいるように思えてならないのです。

私には愛について語ることなどはできない
それでも時々
私をみつめるあなたのひとみの中に
これこそ　愛というものをみることがある

あなたの力強い手の力に
これこそ　愛なのだと心さわぐことがある

（ブッシュ孝子『白い木馬』）

ここで作者が「あなた」と呼んでいるのは、病であることを知ったあとに結婚した男性のことです。彼はドイツ人でした。この詩を書いたブッシュ孝子さんは、末期のガンで闘病生活を続けていました。愛が何であるかを語ることはできない。しかし、自分はそれを確かに知っている。なぜなら、愛を注がれたことがあるからだ、と彼女はいうのです。

同じ思いは奥様も、いつも心に秘めていらっしゃったのではないかと思います。そして、今もまた、感じていらっしゃるのではないでしょうか。

愛する人を抱きしめたときよりも、愛する人に抱きしめられたとき、私たちは、相手だけでなく、自分をも愛《いと》おしく感じます。自分は生きている、ということを実感します。そのことに似ているのかもしれません。

一九四五年に四十一歳で亡くなった吉満義彦という哲学者がいます。小説家遠藤周作の師でもある人物です。彼も妻に先立たれました。むしろ、先に逝くことを知りながら結婚したといった方が正確です。

二人が結婚したのは、妻となった女性が病院のベッドにあるときでした。三ヶ月後に彼女は亡くなります。それからしばらくしたとき彼は、こんなことを書いています。

死者を最もよく葬《ほうむ》る道は死者の霊を生けるこの胸に抱くことである。

（「文学とロゴス」）

あの日も、あなたは最後に「息子と二人で幸せになろうって、昨日も話し合ったんだ」、そう言いました。先に見た吉満さんの一節も、こう言いかえることもできるかもしれません。死者をもっともよく葬る道は、死者の力を借りながらどこまでも幸せになることである。

生きている者は、この世でどこまでも幸せになろうとしなくてはならない。なぜなら、それだけが死者の願いだからだ、そう吉満さんも言いたかったのだろうと思います。

あなたとの出会いは、私にたくさんの幸福をもたらしてくれました。ご多幸を心からお祈り申し上げます。またお目にかかる日まで私も、あなたに負けずに幸せになろうと思います。

かき集められた悲しみ

お手紙、ありがとうございました。大変ありがたく拝読しました。

お名前を存じませんでしたので、封筒の裏にある氏名を見ただけでは、会場にいらしてくださったあなたからのお手紙だとはわかりませんでした。しかし、封筒を開けた途端、私は何か迫りくる思いに強い衝撃を感じました。若いころ、ずっと待っていた便りを手にしたときに感じた、あの感覚に似ています。

お手紙にあなたは、私が講演で引いたいくつかの言葉を書き記してくださいました。その一つにはこんな言葉がありました。

……自分の中のいちばん深いさびしい気持を、ひそやかに荘厳《しょうごん》してくれるような声が聞きたいと、人は悲しみの底で想っています。そういうとき、山の声、風の声などを、わたしどもは魂の奥で聴いているのではないでしょうか。

（「名残りの世」）

人は誰も、内に潜《ひそ》むさびしさを認めてもらいたいと願っている、悲しみの底で、それに響きあう声の訪れを待っている。そして、そんなとき、山や風が何か語りかけるように感じられる。人はそれを魂で聞いているのではないか、というのです。

これは、作家の石牟礼道子《いしむれみちこ》さんが、九州の熊本にあるお寺で行った講演の記録です。彼女は、一九六九年、水俣病の現状が世にほとんど知られていないとき、その現実を、魂の領域まで掘り下げて描いた作品『苦海浄土』を書きました。ここで彼女が思い浮かべているのも、そうした強いられた病を背負って生きる人々です。

「荘厳」とは、あまり聞きなれない言葉ですが、仏教の用語です。「荘厳」は、彼女の文学を理解する上で、とても大切な言葉です。

　辞典を引くと仏堂などを美しく飾ることであると記されていますが、石牟礼さんが意味するところは少し違います。荘厳されるとは、本当の意味で存在が認められることだと言えるのかもしれません。

　誰でも、嘆きや悲しみ、あるいは痛みや絶望の闇を抱えて生きている。その悲しみや嘆きが、彼方《かなた》の世界からやってくる、包み込むような光によって照らし出されるのを待っていると、石牟礼さんはいうのです。

　また、魂の奥で聴く山や風の「声」は、耳に聞こえる音とは違う。でも、聴こえるとしか表現できない経験は確かにあるのではないかと石牟礼さんは問いかけるのです。

　きっとあなたもお感じになったように、私もこの言葉を読みながら、亡くなった妻からの呼びかけを思い出していました。

　いただいたお手紙をお書き下さった、講演の翌日は、結婚記念日だったのですね。そこにあなたは、こう書いてくださいました。

夫が亡き後、気力がなくなっていた時でも、心が休まったのは窓から見える山や空、おちこんで何もできなくてもどうにか続けていた散歩で見た山や空、木、花、風でした。

一生遺骨はそばにおくつもりでしたが、徐々に魂はそばにいると自然に思え、確信となりました。

自分が今、仕事をしているのは、いえ、生きているのは、夫が亡くなってもしっかりと、たよりない私のそばにいて支えてくれているからです。

おっしゃる通り、死者はしばしば自然を「言葉」として語ることがあるのを感じます。また、あるとき自然は、無言のうちに死者が近くにいることを教えてくれることがあります。リルケという詩人は、花を見るとき死者の存在を感じ、果実には死者の思いを感じると書いています。

遺骨のこともよく分かります。私もまったく同じことを考え、同じように行動し、同じように暮していています。今ではお墓の意味も変わってきました。墓所は、死者の居場所ではなく、生者と死者の待ち合わせ場所のような感じがします。

お手紙を拝見しながら、平安時代に生きた建礼門院右京大夫《けんれいもんいんうきょうだゆう》という女流歌人のことを思い出していました。彼女は平家の人だった恋人を源氏との戦いで喪います。その後、この女性は追悼の日々を送り、多くの歌を詠《よ》みました。歌は、亡き愛する人への手紙であり、その人と生きた日々への手紙でもありました。

生きている人間以外に手紙を送るというのは奇妙な感じがするかもしれませんが、あなたにはお分かりになると思います。生者とは異なるかたちで「生きている」ものにも、私たちは手紙を書くことができるのです。死者へ、故郷へ、そしてかつての自分にも手紙を送ることができるのです。

そうした作品がまとめられた歌集が『建礼門院右京大夫集』です。この書物の終わり近くに、こんな一首がありました。

くだけきる思ひのほどのかなしさも　かきあつめてぞさらにしらるる

ひとつひとつが、身を砕くようなかなしい出来事でしたが、こうしてかき集めてみるといっそうかなしく感じられる、というのです。

歌人たちは、古く万葉の時代から、「かなし」にさまざまな文字を当てました。「悲し」「哀し」そして「愛し」、また「美し」も「かなし」と読みました。

これらは別々な感情ではありません。かなしみのあるところにはもともと、さまざまな気持ちが折り重なっていることを、古人は繊細に感じ分けていたのです。悲しいのは、喪った者を愛《いと》しく思うからで、また、こうした出来事のなかで感じられる心情こそが美しいことを、昔の人は知っていたように思われます。

先に引いた一節と同じ作品で石牟礼さんは、「悲しみ」こそが人間の深みを図る物差しだと語ります。

人間の苦悩を計る物差しはありえまいという悲しみ、じつはその悲しみのみが、この世の姿を量るもっとも深い物差しかと思われます。そういう悲しみの器の中にある存在、文字や知識で量れぬ悲しみを抱えた人間の姿、すなわちその存在そのものが、文字を超えた物差しであるように思われます。

（「名残りの世」）

これまで、この一節を何度読んだか分かりません。しかし、ご縁があってあなたとお会いすることができて、さらにお手紙を拝見してからは、ここにある言葉のひとつひとつが、これまで以上に意味深く感じられます。

世の中は、人間を見える物差しで計りたがる。だが、そんなことができるのだろうかと石牟礼さんは問いかけます。

人間の存在を根底から支えているのが、魂という見えないものである以上、どんな人間であるかを示すのもまた、見えたり、ふれたりすることのできないものではないか。それは、どれほど深く悲しみを生きたかということになるのではないかというのです。

深く悲しんだ人間が優れている、というのではありません。ただ、悲しみを生きる人によって世界が支えられている、深く悲しみを生きた人への敬意を忘れてはならないと石牟礼さんは、悲しみの意味を見失った現代人に警鐘《けいしょう》をならすのです。

別なところで石牟礼さんは、自分の生涯を変えた悲しみを生きる女性を次のように語っています。坂本清子《きよ》さんという若い女性が水俣病になり、寝たきりの生活を強いられます。彼女を介抱しながら生活しているお母さんが、娘の様子を語ったときのことを石牟礼さんは、エッセイに書いています。

きよ子は手も足もよじれてきて、手足が縄のようによじれて、わが身を縛っておりましたが、見るのも辛うして。

それがあなた、死にました年でしたが、桜の花の散ります頃に。私がちょっと留守をしとりましたら、縁側に転げ出て、縁から落ちて、地面に這うとりましたですよ。たまがって駆け寄りましたら、かなわん指で、桜の花びらば拾おうとしよりよりましたです。曲った指で地面ににじりつけて、肘から血ぃ出して、

『おかしゃん、はなば』ちゅうて、花びらば指すとですもんね。花もあなた、かわいそうに、地面ににじりつけられて。

何の恨みも言わじゃった嫁入り前の娘が、たった一枚の桜の花びらば拾うのが、望みでした。それであなたにお願いですが、文《ふみ》ば、チッソの方々に、書いて下さいませんか。いや、世間の方々に。桜の時期に、花びらば一枚、きよ子のかわりに、拾うてやっては下さいませんでしょうか。花の供養に。

(「花の文《ふみ》を——寄る辺なき魂の祈り」)


この女性は、桜の花びらに何を見たのでしょうか。花びらは彼女に、何を語ったのでしょうか。チッソとは、企業の名前です。その利益のために有害であることがわかっていた有機水銀が使われ続け、水俣病は拡って行きます。人災である

公害によって身体の自由をうばわれた女性が、それでも世界は美しいということをわが身をもって明らかにしてくれたのです。この世は生きるに値するものであることを示してくれているのです。私には、こうした人間が確かに生きていたということが貴いことのように感じられます。この、身なりは小さく、無力な女性によって、私たちの世界は「荘厳」されているように感じるのです。

あなたからいただいたお手紙に感じたのも、この一節から発せられるのと同じ「荘厳」の光でした。

あなたは震災で伴侶を亡くされ、その翌月、交通事故にあわれて、右腕をなくされた。送ってくださったお手紙は、慣れない左手で書いてくださったものでした。その一文字一文字もやはり、何かに照らし出されているように感じられます。

ときおり私は、いただいたお手紙をじっと眺めているときがあります。書かれている文字を読むのではなく、そこに刻まれている見えない文字を感じたいと願っているのです。そこには、語られることのない人生の真実が記されている。そのことが、私にははっきりと感じられるのです。お手紙の最後にあなたはこう書いてくださいました。

あまりにたくさんの方々の死にも向きあい、その悲しみのいき場がない感じがありましたが、講演で「どこまでも倖《しあわ》せになること」と言われ、夫が呼ぶまで倖せに生きて、たくさんの方々へもできることをやっていくことでいいと思えました。

こうしてたくさんの命から命に温かな、大切なことが、こうして脈々と流れてきたことの荘厳さも改めて感じました。お心、ありがとうございました。

あなたがこうして生きてくださっていることそのことが、私を助けてくださっています。倖せをあなたが語ってくださることで、私にも幸福がありありと感じられるのです。

講演で幸福にふれたのは私ですが、幸福が何であるかを示したのは、私ではなく、あなたです。

ありがとうございました。また、お目にかかれますことを楽しみにしております。くれぐれもご自愛ください。

II

暗やみの中で一人枕をぬらす夜

君たちは震災で、あるいはその後の日々で、大切な人を喪った。ぼくは、君たちが別れを経験する一年ほど前に妻を喪《うしな》った。

君たちはまだ十代だ。愛する人を喪うことに直面するには若すぎる。

大震災の日から、君たちのことを考えている。ことさらに意識しないときでも、心のどこかで、会ったことのない君たちのことを思う自分に気が付くことがある。

君たちを心配しているというよりも、君たちのことを思うことで、ぼくが生かされている。突然そんなことを言われてもよくわからないかもしれない。でも、本当のことなんだ。

いつか、君たちに会って話す機会があることを願っているけれど、なかなか希望通りにはいかないから今日は手紙を送ります。

君たちは今、亡くなった人のことをどう感じているだろう。大事な人が亡くなる。あるいは、亡くなってみてはじめて、かけがえのない人だったことが分かる。そんなこともあったかもしれない。その人たちは、もう永遠に消え去ってしまったのだろうか。

亡くなった人にむかって祈ることがある。ときに話しかけることもある。もし、亡くなった人がすでに消えてしまっていないのなら、ぼくたちは、いもしない相手に語りかけているんだろうか。

もちろん、亡くなったんだから姿は見えない。互いにふれ合うことも、言葉を交わすこともできない。そうしたことは全部分かっていて、でも、君たちは亡くなった人のことを近くに感じることはないだろうか。

もっといえば、悲しいと思うとき、君たちはよりいっそう、亡くなったはずの人がそばにいる、そう思うことはないだろうか。むしろ、悲しいのは、その人が消えてしまったからではなく、姿をかえて、自分の近くにいるからだ、悲しみは、亡くなった人が訪れる合図だ、と感じたことはないだろうか。ぼくは、ある。

あるとき、亡くなった人は、生きているときよりも、ずっと近くにいる、そう感じられる。あるいは、つらいとき、助けてくれると感じるときもあるかもしれない。

こうした経験は、簡単には理解されない。でも、本当のことだ。ほかの人に言わなくていい。簡単に分かってもらえなくたってぼくらは、大切な出来事を自分の手で打ち消す必要はないんだ。

君の大切な人も、ぼくの、また、ほかの人々の大切な人たちもいつか亡くなる。逝った人々の姿はもう見ることはできない。でも、見えないということと、存在しないこととは違う。見えなくなったって、ふれることができなくたって、存在しているものはある。

亡くなるとは、存在が消えることではなくて、おそらく別な世界に「生まれる」ことではないだろうか。

苦しみと悲しみで身が崩れそうなとき、誰かが守ってくれている、自分の力だけでは、とうてい乗り切ることのできない日々を誰かが支えてくれている、そう感じたことはないだろうか。

ぼくは、仲間たちと小さな会社を営んでいる。彼女も、その一員であることをとても大切に思っていた。彼女の生前は、会社も立ち上げの時期で苦労ばかりだったけれど、亡くなってからは仲間たちも一生懸命つとめてくれて、こうなるといいね、と彼女が話していたように、少しずつ会社もよくなっていった。

ある日、彼女が生きていたら、どんなに喜んだだろうと思ったその瞬間、もしかしたらぼくは、大きな勘違いをしているかもしれないと思ったんだ。

それらの出来事は、ぼくらだけがやったんじゃなくて、そこに彼女も力を貸してくれたから実現されたことがはっきりと感じられた。ぼくはその出来事を、彼女に報告するんじゃなくて、彼女といっしょに喜ばなくてはならなかったんだ。

人は、こうした思いを思い過ごしだというだろう。でもそれ以来、これまでの人生も、ぼくが気がついていないだけで、さまざまな死者たちの助けの上にあったことがまざまざと感じられるんだ。
二十世紀のイギリスを代表する詩人にT・S・エリオットという人物がいる。彼の代表作「荒地」と題する作品にはこんな一節がある。

いつも君と並んで歩いている、もうひとりの人は誰だろう
数えてみると君と僕しかいないはずなのに
白い路の行き先を見渡すと
いつも、もうひとり君と並んで歩いている
茶色のマントに身をくるみ滑るように歩いている
頭巾をかぶり男か女かもわからない
その、君のそちら側にいる人は誰なのだろう

言葉は不思議だ。ある言葉に出会うと、自分のこころのなかにあって、とらえ

どころがなくて、かたちにならない、苦しくなるような気持ちが急に生き生きと動き出すのを感じる。こうした光景は、君の日常でもあるんじゃないだろうか。君の毎日は、姿が見えない「もうひとりの人」と一緒なんじゃないだろうか。

君のそばにいるのは、一人じゃないかもしれない。亡くなった家族も友達も、学校の先生もいるかもしれない。エリオットは、南極探検隊が残した記録を読んだときに、先の一節を思いついたらしい。彼は、自分の詩に、こんな註釈をつけている。「疲労の極致にあるとき、探検隊の一行はいつも、自分たちのほかにもう一人、誰かがいることを感じ続けたという」。

「もうひとりの人」は君の人生を邪魔したりなんかしない。でも、君が困ったときはかならずそばにいる。彼らの仕事は試練を無くすことでもない。困難を経験しなければ分からないことが、人生にはある。悲しみとは何か、苦しみが何であるかを勉強することはできない。それはどうしても一度は自分の心に感じてみなくてはならない。ぼくらを守ってくれる人たちは、ぼくらがそうした出来事に遭《そう》遇《ぐう》しても、乗り切ることができるように力を貸してくれる。

君たちは、深い悲しみを経験した。それは、君たちのとても大切な出来事だ。でも、世界も悲しみに満ちている。悲しみを経験したことのない人なんかいない。悲しいと思うとき君たちは、見えないかたちで深く世界とつながっている。次に引く詩は君たちの声でもあるんじゃないだろうか。ぼくも、こんな夜をいくつも過ごした。

暗やみの中で一人枕をぬらす夜は
息をひそめて
私をよぶ無数の声に耳をすまそう
地の果てから　空の彼方から
遠い過去から　ほのかな未来から
夜の闇にこだまする無言のさけび
あれはみんなお前の仲間達
暗やみを一人さまよう者達の声

沈黙に一人耐える者達の声
声も出さずに涙する者達の声

夜ひとり、悲しくてさびしくて、枕がぬれるほどに涙が出る。そんなとき、作者は、息をひそめて、耳をすます。すると、どこからか無音の「声」が聞こえてくる。

暗闇でひとり、静けさに押しつぶされそうになりながら、声も出さずに涙する。そのとき、別の場所で自分と同じく、悲痛《ひつう》な今を生きている者とのつながりを感じる。作者は、見えない「仲間達」との深いつながりを感じている。仲間は、地の果て、空の彼方、過去から、未来にいる。悲しみは時空を超えて人々をつなぐ。人は、一人でいるとき、もっとも深く世界とつながる、というんだ。

この詩には題名がない。作者は題を考えるより先に、湧き出る言葉をノートに書き写すので精いっぱいだった。詩を書いたのは、ブッシュ孝子という女性で、一九七三年に二十八歳で亡くなった。旧姓は服部で、夫となった人物は、名前をヨハネス・ブッシュという。彼はドイツ人だった。二人が結婚したのは、彼女の病気が分かってからだった。分かったからこそ、結婚した。彼女が詩を書き始めたのは、乳がんであることが分かってからだった。

詩は、突然「宿った」、と彼女の恩師で、遺著となった詩集『白い木馬』の編者でもあった周郷博《すごうひろし》は書いている。

彼女は、詩人を志していたんじゃない。でも、試練が彼女を詩人にした。その言葉は、四十年後のぼくらの魂をも照らす光になっている。

君の悲しみも同じなんだ。君が背負ってくれている悲しみは、同じ時代を生きているぼくだけじゃなく、君より後に生まれた人々、また、これから生まれてくる人々への慰めとなり、こころを照らす光になる。

ブッシュ孝子さんがそうだったように、君たちもこれからの人生で愛おしいと思う人に出会う。でもそれは、同時に悲しみを背負うことでもあるんだ。人を愛するということはいつも、耐えがたい悲しみを育てることを意味している。なぜなら、その人を喪うことが、もっとも耐えがたい悲しみの出来事になるからだ。

このことから逃れることはできない。でもそれは、けっして嘆かわしいことじゃない。喪って、その人に尽きることのない悲しみと愛しみを感じる人生が、どうして無意味なはずがあるだろう。

昔の人は、「かなし」という言葉を「悲し」とだけでなく、「愛《かな》し」と書いた。「美し」も「かなし」と読んだ。誰かを亡くして、心から悲しいと思うことほど深く美しい情愛はないということを、かつての日本人は知っていたんだ。「愛し」、「美し」なんて読み方を今は学校では教えてくれない。でも、君ならきっと分かると思う。悲しみは、悲惨な出来事なんじゃない。悲しみを生きることはむしろ、人生という大地を深く掘ることに似ている。悲しみは、いつか「愛しみ」に変わる。その深みで、ぼくらは亡き人たちと再び出会うのではないだろうか。

先に引いたブッシュ孝子さんは、こんな詩も残している。

美しい言葉が次々と浮かび出て

眠れぬ夜がある
新しい詩が次々と生れでて
眠れぬ夜がある

その夜のために乾杯
その夜のために乾杯

ひとり、悲しみで眠れない日を過ごした女性が、別な日には、湧き出る美しい言葉の光に照らされて、まぶしくて眠れない日があるというんだ。

彼女が詩を書いたように、君たちも何かを書いてみてほしい。詩にならなくてもいい。こうしてぼくが君たちに手紙を書いているように、思いを伝えたいと思う人に手紙を書いてもいい。生きている人でなくてもいい。亡くなった人、離れてしまった故郷、自分たちの学校や思い出の場所でもいい。だって、それらはみんな、君たちのなかで「生きている」じゃないか。

ブッシュ孝子さんは生前、詩人として活躍したんじゃない。彼女は自分のために詩を書いた。

自分を偽《いつわ》らずに書いた言葉が詩になって、その言葉で最初に救われるのが自分自身であることを、彼女はどこかで感じていたんだと思う。

自分の言葉が自分を救うなんて、奇妙な感じがするかもしれない。でも本当だ。自分を真に救う言葉は、自分の魂をふるわせる言葉は、いつもその人自身から生まれる。どんな偉大な人物の言葉であっても、それは、君が君自身のなかに、君を救う言葉を見つけるための道しるべに過ぎないんだ。

最後に君たちにお礼を言いたい。今も、君たちが生きていてくれることが、ぼくらの光になっている。そんなことを言われても分からないかもしれない。光源は、自分がどれほどの光を出しているかを知らない。でも、それをたくさん浴びているぼくらには分かる。

太陽は、自分がどれほどの光を放っているかを知らない。でも、その光を受けて輝く満月は、それを身をもって感じている。闇に浮かぶ月は、光がどこから射し込むのかを知っている。

本当にありがとう。今日、ここに書いた言葉に出会えたのも君たちのおかげなんだ。

からだを大切に。自分を大切にすることは、誰もができる、もっとも大切な愛情の表現でもあるんだ。

嘆きの声に寄り添うもの

試練に直面したとき君は、進むべき道を照らし出すような言葉を無意識に探すことはないだろうか。渇いた身体が水を求めるように、こころが言葉を求めているのに気が付くことはないだろうか。

人生の意味を告げ知らせる言葉を欲することは、肉体が食べものを必要とするように自然なことなんだ。真実の言葉は、けっして古びず、その力を失わない。読む者に心の準備があれば、それはいつでも語られたときの勢いをもって迫ってくる。仏教の祖釈迦《しゃか》の言葉もそうだ。

釈迦が生まれたのは紀元前五百年ごろだといわれている。彼は、インド大陸の北部にあったサキャ王国の王子として生まれた。釈迦は、精確には釈迦牟尼《しゃかむに》と呼ぶ。牟尼は聖者を意味していて、サキャ族の聖者であることを指す。もともとの名前はゴータマ・シッダールタという。

あるときまで彼は王家の人間として、何不自由なく暮らしていた。でも彼はある日、どんなに物質的に豊かな生活をしていても、老いと病いと死を避けることができないことに気が付く。それを克服する道をもとめて彼は二十九歳のとき突然、旅に出る。そして、六年間の修行を経て、彼は覚者《かくじゃ》、すなわちブッダになった。

ブッダとして新生した、と言った方がよいのかもしれない。「ブッダ」は、個人の名前じゃない。真に「目覚めた」者を意味する。仏教とは、誰もが、いつでも新たに「生まれる」ことを説く教えでもある。君のなかにも「ブッダ」になる魂がある、と仏教は言うんだ。

釈迦は八十歳で亡くなるまで、人はいかにして新しく生まれるかを説いた。そうした彼の言葉がまとめられたものとして伝わる一群の書物がある。そのなかでもっともよく読まれているのが『スッタニパータ』と『ダンマパダ』だ。これらの書物は釈迦も話したと言われるパーリ語で書かれている。

この二つの本は、仏教の知識がなくても読むことができる。むしろ、その方が現代人のように頭で考えがちな人間にはよいのかも知れない。本当に優れた言葉は、誰にでも開かれている。

『スッタニパータ』には、こんな言葉がある。

嘆き悲しんでも
心は安まらず
ますます惨《みじ》めになり
やつれるだけである。

（『新編スッタニパータ』今枝由郎訳）

悲しんで、嘆いてばかりいても、ますます惨めになるだけで、身が細るだけだと釈迦は言うんだ。また、こうも記されている。

嘆き悲しみ
途方《とほう》にくれて自分を害《そこな》うことに
何らかの益《えき》があるのなら
賢者もそうするだろう。

悲嘆することは、自らを害うことだ、もし、何かそこに得るものがあるなら、賢者も日々を嘆きのうちに送るはずではないか、と釈迦は問いかける。この本には、悲嘆することは自分を苦しめることだと、繰り返し説く釈迦の姿が描かれている。

釈迦は、大切な人を喪って悲しんでいる人にむかってこう言っている。でも、君がこれを聞かされたらどう思うだろう。涙をこらえて釈迦の話を聞きに行って、悲しむことに意味はない、ますます惨めになるだけだ、そう言われたらどうだろう。ぼくはいやだ。妻が亡くなって間もないときに読んだら、ぼくはこの本を投げ捨てたかもしれない。好きで嘆いている人なんていない。好きで悲しんでいる人なんていない。そんな人に、悲しむことは無意味だ、そんなことをしても自分で自分を傷つけるだけだなんていわれても励まされもしなければ、救われもしない。

でも、続けて読んでみるとこんな言葉がある。

〔嘆き悲しんでも〕自分で自分を害い
やせ衰えるだけであり
死者には何らの恩恵もない。
嘆き悲しむのは無益である。
悲しむのを止《や》めなければ
ますます苦しむだけである。

死者のことを嘆き惜しんでも
悲しみに囚《とら》われるばかりである。

一見すると、語られていることには、ほとんど違いがないように見える。でも、ここで釈迦は、死者を語る。ぼくらが嘆き悲しんでも死者には何の恵みももたらさない。だから、死者が失われたと思って悲しむのは止めた方がよい、そう言うんだ。

釈迦は、死者が失われたと思って嘆き悲しむのをやめろとはいうんだけれど、死者なんか存在しない、とは言わない。むしろ、ぼくらが苦しむことは死者たちが望んでいることではない、そう言っているんじゃないだろうか。

どうしてぼくを残して先に逝ったんだ、どうしてぼくは、ひとりでこんなに惨めな思いをしなければならないんだ、そう死者に向って語りかけているだけで本当にいいのかと、釈迦はぼくらに問いかけているんじゃないだろうか。

この一節を読んだときぼくは、死者とは、悲惨な嘆きをささげる相手ではないということを告げられたような気がした。死者はいつもそばにいて、いっしょに生きてくれている。試練をいっしょに生き抜こうとしてくれているのを、はっきりと感じた。

亡くなった人がそばにいてくれる、まるで風が吹くような感じで死者の訪れに気が付くことがある。でも、死者はむしろ、空気のように存在しているのかもしれないんだ。

風と空気は違う。風は空気が揺れたときの呼び名だけれど、風が吹かないときも、空気は存在している。

日ごろ、ぼくらはあまり空気があることに注意を向けない。でも、空気がぼくらを生かしている。死者は空気のように存在していて、ぼくらを生かし、助けてくれている、そう強く感じられる。

妻が亡くなってぼくは、彼女をより近くに感じる。生きているときは、彼女の思いがわからないときもあったけれど、今は、かつてよりもずっと、はっきりと彼女の気持ちがわかる。ぼくは彼女と死別して、はじめて本当の意味で出会った、とすら思う。

想像してみてほしい。今、君は、親友といっしょにいる。親友が自分はひとりだといって泣く。そのとき君はだまってそばにいるだろうけれど、心のなかでは、ぼくがそばにいる、ぼくがいっしょにいるから大丈夫だ、そう思うんじゃないだろうか。

死者たちも同じことを思っているかもしれない。よいときも悪いときも、楽しいときも苦しいときも、悲しいときも、惨めなときも、自分のことがいやになるときも、自分を見失いそうになるときも、いつもだまってそばにいて、本当のぼくから目を離さないでいてくれる人がいたら、そんな人にぼくらは、嘆きの声を届けるのではなく、「ありがとう」っていわなくちゃならない。釈迦もそう言っているんじゃないだろうか。

この本の終り近くにはこんな言葉がある。

目覚めた人が説かれたとおりに

実践する人は
こちらの岸から向こう岸に渡る。

こちらの岸は、ぼくらが暮らしている世界、向こうの岸は、死者たちと「目覚めた人」たちの世界だ。嘆いている暇はない。顔をあげて歩きだせば、一歩ずつ向こうの岸に近づくことができる。生き抜くこと、それが向こうの岸にたどりつく、もっとも早く確実な道だと釈迦はいうんだ。

釈迦は、死者を語らなかったと言う人もいるけれど、そんなことはない。『ダンマパダ』にはこんなことが書いてある。

行ないの悪い人は、この世でも、あの世でも
ふたつのところで共に憂《うれ》える。
自分の汚《けが》れた行ないを見て
かれは憂え、悩む

行ないの善《よ》い人は、この世でも、あの世でも
ふたつのところで共に幸せである。
自分の清らかな行ないを見て
かれは喜び、幸せである。

（今枝由郎訳）

自分の至らなかったことをまっすぐ見ることは勇気がいる。でも、それは誰にでも行うことができる「善い」行いだというんだ。誰もが、こちらの世界にいるときは、十分に「善い人」になれない。でも人は、死者になって「あの世」にいってからも成熟していく。死者たちは、ぼくらを守ることで「善い人」になる。生者を守護することは、死者たちに託《たく》された神聖な義務なんだ。

これからだって君は、悲しいと思ったり、寂しさを感じることもある。でも、これからの生涯で君は、ひとりぼっちになることはない。姿は見えないけれど、

いつも君を思っている人がそばにいてくれる。

偉そうなことをいっているけれど、亡くなった妻が、必要なときはいつも、そばにいてくれたことに気がついたのは、彼女が逝ってしばらく経ってからだった。

それまでの間、恩知らずなのは変わらない、そう彼女に思われていたと思う。でも、今もそうなのかもしれない。死者たちは、生者が、気がつかないところでも毎日を支えてくれている。分かるのも、感謝するのも、いつも遅れ気味なのは、彼女が「こちらの岸」にいた頃と変わらないのかもしれない。

ちゃんとからだを休めるようにしてください。休息も、とても大切な人生の務めなんだ。

消えない光

自分の言葉を、もっとも近くで聞いているのは、また、すべて聞き漏らさずに聞いているのは自分だね。だから、偽りを語らないようにしたほうがいい。自分で自分を偽ることになる。相手を傷つけるような言葉は語らないほうがいい。鋭い言葉は、君自身をも傷つける。

もちろん、君が本当に慰めに満ちた言葉を口にすることができたら、最初に慰められるのは君自身だ。でも慰めることほど難しいことはないね。君も悲しみのなかにいるからよくわかると思う。甘い言葉は、けっして深いところには届かない。

それは話すことだけではなくて、書くことにおいても同じなんだ。だから、ほかの人が読んでくれなくても、自分自身を読者として、真剣に書くことができれば誰でも、魂にふれる言葉を記すことができる。むしろ、もっとも魂の深いところに届く言葉は自分から出る。不思議なことに聞こえるかもしれないけれど、本当のことなんだ。君をはっとさせる言葉、君を目覚めさせる言葉は、君自身から発せられるんだ。

そのことを証《あか》ししてくれているのが、ローマ帝国五賢帝のひとり、マルクス・アウレリウスが書いた『自省録』だ。この書名も作者自身が付けたかどうかわかっていない。これは、書物というよりも鮮烈な魂の記録なんだ。

ローマ時代の皇帝のすべてが人々から尊敬を集める人物だったわけではない。でも、五賢帝時代と呼ばれる時代がある。紀元九六年から一八〇年までの八十四年間、ネルファ、トラヤヌス、ハドリアヌス、アントニウス・ピウス、そしてマルクス・アウレリウスの五人の優れた皇帝がローマ帝国を治めた時代があった。

五人のなかでもマルクス・アウレリウスは、哲人皇帝と呼ぶにふさわしい人物で、政治的な手腕だけでなく、一個の考える人間としても秀《ひい》でていた。ひとり思索するとき彼は、叡知《えいち》の光に照らされた哲学者であり、人々のなかにあるとき彼は、人々の敬愛を得た皇帝として政治を行った。彼はこんなことを書いている。

あたかも一万年も生きるかのように行動するな。不可避のものが君の上にかかっている。生きているうちに、許されている間に、善き人たれ。

（神谷美恵子訳）

「不可避のものが君の上にかかっている」とは、何か壮大なことを成し遂げなくてはならないというのではないんだ。ここに書かれているように、人間に託されているもっとも大切なことは「善き人」になることだ、というんだ。

こんな一節を見ると大人はすぐに、いい言葉だが、ここでいう「善」とは何なのだろうなんて話を始める。自分で生きてみる前に、それが何であるかを知ることで満足しようとする。

知ることと生きることは違う。人生には、たくさん知識をため込むだけではどうしても解決しない問題がある。知ることではどうしてもたどり着くことができないことがある。それにもかかわらず、それを知ることで埋め合わせようとする態度をマルクス・アウレリウスは、「あたかも一万年も生きるかのよう」だと言うんだ。

これまでいったいどれほどの人が「善」とは何かを語ろうとしただろう。だが、それに成功した人はいない。でも、生きる姿で「善」を体現してみせた人は、たくさんいる。

考えるよりも行動せよ、というんじゃない。マルクス・アウレリウスは、どこまでも考えることの大切さを説くことをやめない。でも、大切なことは、考えることと行動することは分けることができないところにある、というんだ。

人は、今にしか生きることができない。昨日に生きることも、明日に生きることもできない。どんなにもっともらしいことが語られていても、今を大切にしなくてよい理由なんてない。

人は誰も、いやなことが起こりませんように、悲しいことが起こりませんようにと願う。でも、そう思っている間、ぼくらはいつも何かにおびえ、何かから、ずっと逃げようと身がまえている。

君も願いごとをすることがあると思う。でも、何かを願うというとき、人はいつも未来のことを思っている。これからの日々のことを心配している。

願うと似ているけれど、「祈る」という言葉がある。

現代人は祈るっていうと、何か願い事をするようにいうけれど、それだけが祈りじゃないと思う。「祈」という字には、「もとめる」という意味もあるけれど、「つげる」という意味もある。このとき、「もとめる」のは人間だけど、「つげる」のは人間を超えた者だ。求めるだけでなく、大いなる者の「声」に耳をすませることが、祈りだと思うんだ。

別にお寺や教会といった場所に行かなくたっていい。君が亡くなったお母さんや兄弟からの声をなんとなく感じるあの感覚だ。マルクス・アウレリウスは、祈りをめぐっても興味深いことを書いている。

神々はなにもできないか、それともなにかできるか、そのいずれかだ。もしなにもできないならば、どうして君は祈るのだ。もしなにかできるならば、これこれのことが起るようにしてくれとか起らないようにしてくれとか祈るよりも、これらの中の何ものをも恐れず、何ものをも欲せず、何ものについても悲しまぬようにして下さいとなぜ祈らないのか。

この一言にも、彼の生きる態度がはっきりと出ている。神がいるかいないか、そんな論議をする前に、自分が祈るか祈らないかをかえりみてみるべきではないか。神がいることは証明できないかもしれない。でも、ぼくらが祈るということが、その存在を証している、というんだ。同じことは亡くなった人、死者の存在にも言える。死者がいなければ、ぼくらは呼びかけたりしないんじゃないだろうか。

先の一節にはこう続けられている。「君」とは、誰かほかの人のことじゃない。

彼が、彼自身にむかって呼びかけているんだ。

他の者は祈る。「あの人間を厄介払いできますように」と。ところが君は「厄介払いする必要を感じないことができますように」と祈るのだ。もう一人の人間は祈る。「どうか私の子供を失うことのないように」と。ところが君は「失うことを恐れずにいることができますように」と祈るのだ。

誰もが愛する人を喪うことを恐れている。ぼくもそうだ。ぼくはかつてよりも、妻を喪った今の方がそうした恐れは強い。もう、あんな思いはしたくないと思う。でも、ここで語られていることも少しわかる気がするんだ。

マルクス・アウレリウスは、大切な人が死んでも悲しんではならないと言っているんじゃないと思う。彼は、人間の存在は、肉体が滅びただけで消え去るものではないことを知っていたようなんだ。

魂が外にひろがらず、内にちぢこまらず、分散もしなければ、収縮もせずに、光に照らされて輝き、その光によってあらゆるものの真理と自己の内なる真理とを見るとき、その魂の姿はつねに変らぬ球形なのである。

心は傷つく。でも、魂はけっして傷つくことはない。ぼくらは苦しいことがあったり、いやなことがあると、自分が小さくなったように感じる。自分の存在している意味が分からなくなる。ぼくらが、自分のなかにある魂を見失うことはある。でも、そんなときでも魂は完全な状態をそこなわれることはないんだ。

ここでの「光」は、「神」を呼ぶもう一つの名前だ。毎日が闇の中にあると感じるようなときでも、魂はいつも「光」を感じている。ぼくらが傷ついて小さくなっているときも、ぼくらの魂は、植物がいつも太陽にむかって花を咲かせるように「光」を見逃すことはない。

見えないということと存在しないこととは違う。空が曇って、太陽が見えなくても、太陽は存在する。月は、太陽の光に照らされるとき、その姿をあらわす。

でも、太陽の光に照らし出されないときもちゃんと存在している。人生の意味、ぼくらが存在している意味もそれに似ているのかもしれない。

目には見えず、ふれることもできないけれど確かに存在する。むしろ、そういうものがぼくらの毎日を深いところで支えてくれている。でも、こんなことは、もう君に説明はいらないと思うんだ。そう、君の亡くなったお母さん、君の大切な兄弟が君を守っているように人生の意味はいつも、君のそばにある。

魂をめぐってマルクス・アウレリウスが語ったように、君が生きている意味は、けっして傷つくこともそこなわれることもないんだ。そればかりか、誰もそこにいたずらにふれるようなことはできないんだ。

最後に、この賢帝が自分に贈った励ましの言葉を書いておきます。真理にふれ、彼はこう書いている。


ランプの光は、それが消えるまでは輝き、その明るさを失わない。それなのに君の内なる真理と正義と節制とは、君よりも先に消えてなくなってしまうのであろうか。

どんな困難な状況にあったとしても、「内なる真理」は消えない。真理は、ぼくらの魂にすでに宿っている。真理は、けっして朽ちることがないんだ。

いつも手紙を読んでくれてありがとう。こうして君に向かって書くことによって、賢者たちの言葉は、ぼくの心にもいっそう深く、また、力強く響いてくる。

君が真理なんだ

学校で教わるように勉強しなければ分からないことがある。でも、どんなに勉強したってわからないこともある。もっと言うと勉強すると逆に分からなくなることだってあるんだ。

哲学がそうだ、とぼくは思う。哲学って聞くと、君はどんな感じがするだろう。哲学者って、どんな人のことを言うんだろう。

大きめの本屋さんにいくと「哲学・思想」と記されたコーナーがある。そこには、古今東西の哲学者と称される人々の著作やそうした人物の思想について書かれた本が並んでいる。それらを読めば哲学は分かるんだろうか。別な言い方をすれば、哲学は書物を読むことで分かるものなんだろうか。

深い言葉を発する人がいると、あの人には哲学がある、と思わず口にすることがある。このときの「哲学」は、人生の経験に裏打ちされた知恵、叡知のことだ。哲学者や哲学史に関する知識のことじゃない。それは、その人が、人生という道を歩いてみて、いつの間にか形作られてきた、生きる態度のようなものだ。転んだり、人とぶつかったり、喜び、悲しんだり、苦しみ、また幸せを感じながら積み上げてきたものだ。哲学は見えない。また、同じ人生がないように、同じ哲学はない。でも、深く交わる哲学、響き合う哲学はある。

また、「分かる」とは、どういう出来事なんだろう。「分かる」ことをめぐって、面白いことを書いている人がいる。

……この本に書いてあることを自分で考えて、自分の知識として確実に知ったのなら、君の生き方考え方は、必ず変わる。変わるはずなんだ。本当に知る、「わかる」とは、つまり、そういうことなんだ。

（『14歳からの哲学』）

これを書いたのは池田晶子という哲学者で、二〇〇七年に四十六歳で亡くなった。ぼくは、この人の言葉で、何度か救われたことがある。この一節もそうだけれど彼女は、日常の言葉しか使わない。専門用語と呼ばれる、その分野に詳しい人たちにしか分からない言葉を彼女は用いなかった。

彼女を紹介する文章にはよく、日常の言葉で哲学を語った、と書いてある。それは事実だけれど、おそらく彼女の実感は少し違ったんだと思う。

哲学を、つとめて日常の言葉で語ろうとする人にとって、哲学とはやっぱり、何か難しそうなことなんだ。その人は、分かり易く語ろうと懸命に努力する。

でも、池田さんは違う。日常の言葉で語られることが哲学だ、と彼女は考えたんだ。難しい言葉で語ると、哲学を浮かび上がらせることはできない、むしろ、どんどん隠れていくことに、ある日、彼女は気が付いたんだ。

だから、君に哲学がわからないなんてことはない。むしろ、十四歳の君が感じられることのなかにこそ哲学は、生き生きと存在してるんだ。その哲学にふれることができれば、それを真に生きることができれば、人は誰でも哲学者になれる。哲学書を書く必要はないんだ。哲学の父ソクラテスは、偉大な哲学を残したけれど、文字は書き残さなかった。彼は、真実の言葉は自分の中に、見えない織物のようにつむがれていくことを知っていたんだ。

哲学を体現しているけれど、哲学を語らない人は、君の近くにもいるんじゃないだろうか。ぼくはこれまで何人もそんな人に出会ってきた。彼らは何にも書かないから、なかなか世間からは評価されない。でも、彼らは知恵に満たされている。

さて、池田さんは、何かが「分かる」ということは、変わるということだと言う。何であれ、「分かった」と思ったとき、同時にぼくらは、自分のどこが変わったかを考えなくてはならない。別な言い方をすれば、変わらないのであれば、分かったことにはならない、ということになる。

何も変わっていないのに、「分かった」と口にすることはないだろうか。自分の中に変化を見出す前に、知識が増えたから「分かった」ということはないだろうか。ぼくは、ある。それだけじゃなくて、自分の至らないところを指摘されると思わず、「分かった、分かった」と口走る。でも、本当は何も分かっていないことにも気が付いている。今でも、そんな自分にあきれることが少なくない。

動物の剝製《はくせい》を見たことがあると思う。どんな獰猛《どうもう》な動物でも剝製にすることはできる。ぼくらは、剝製の前に立ってじっくりと眺めたり、さわることもできる。でも、それが生きている間はどうだろう。

生きている動物の叫び声を聞けば、ふるえ、慄《おのの》くかもしれない。いたずらに近づくと命の危険がある。それが現実だ。剝製を見て、それにふれただけで、動物のことが分かったなんて思ってはもったいない。現実は、もっともっと奥深い。

でも逆に、分かったと感じる前に、自分が変わったことに気が付くこともある。そして、あとで、「分かった」という気持ちに包まれることがある。君も、そんな経験があるんじゃないだろうか。

変わった自分を感じることで、自分が「分かっていた」ことを知る。分かることよりも、いつも生きることが先になる、そんな人間がぼくは大好きだし、深く信頼する。こうした人物は安易に「分かった」なんて言わない。何を知ることよりも、毎瞬を誠実に生きることに精いっぱいだからだ。

二〇一〇年二月に妻が亡くなった。悲しみからなかなか抜け出すことはできなかった。悲しみはまだ、ぼくのそばにある。でも、かつて思っていたような悲しみと、今の悲しみは少し違う。

悲しいのは、ひとりになったからだ、そう思っていた。でも、ある日、ふと、悲しいのは、ぼくがひとりになったからじゃなくて、亡くなった彼女が近くにいるからじゃないのだろうかと思ったんだ。

そんなことを言ってくれた人はいない。感じたことを口にしても真剣に聞いてくれた人は少なかった。

多くの人は、話を真剣に聴く前に、ぼくの悲しげな表情を見ていた。あまりに悲しいから、ぼくが、自分を納得させる物語を自分で作り上げているんだろうと思っている様子が、彼らの顔にありありと見てとれた。

亡くなった人は近くにいる、とぼくは感じる。分かってくれる人が、どんなに少なくても、そう強く感じる。自分で否定しようとしても、けっして打ち消すことができない。それがどこから来た、何による確信なのかは説明できない。でも、自分にとってかけがえのないものであることだけは、はっきりと分かる。君にも、亡くなった家族や友達をめぐって、そんな経験はないだろうか。今も君は、そう感じてはいないだろうか。

亡くなった人たちは言葉を語らない。姿も見えない。ふれ合うこともできない。でも、ぼくらが使っている言語とは異なる「言葉」で、何かを呼びかけているのが分かることがある。そこにいるのが分かることがある。

自分ではどうしようもない困難に出会ったとき、「言葉」がこころにふれる。すると深い慰めを伴った悲しみが広がる。

単に悲しいだけじゃない。慈しみや愛しみに満ちた思いに包まれる。亡くなった人は今も「生きている」、そう感じるようになってからぼくは、自分のなかに、本当に人を慈しみ、また、愛したいと思う気持ちがあることに気がついた。

愛するとはどういうことかを説明できなくても君は、人を愛することができる。でも、愛について語ることができたとしても、人を愛せるとは限らない。大事なのは説明することじゃなくてしっかりと感じ、それを生きることなんだ。

ここに、一枚の絵がある。たくさんの人が名画だという。でも、君がそう思えなかったら、君は無理をして「いい画《え》だ」なんて口にすることはない。なぜなら、君がどう感じているかが、君にとって大事なことだからだ。

君がどう感じているか、君がどう考えているのかを本当に知ることができるのは君だけなんだ。大切なのは、自分が何を、どう感じているのか、こころの声に耳を澄ますことなんだ。

同じことは他の人にも言える。だから、他の人が感じていることを自分なりに理解しただけで批判するようなことはしない方がいい。部分しか見ていないのに、全体を非難することになる。

「考える」ことをめぐって、池田さんはこう書いている。

頭でわかるだけの知識、借り物の知識なんかに、どうして一人の人間の人生を変えてしまうだけの力があるだろう。なぜなら、「考える」とは、まさにその自分の人生、その謎を考えることに他ならないからだ。〔中略〕考えるということは、答えを求めるということじゃないんだ。考えるということは、答えがないということを知って、人が問いそのものと化すということなんだ。

（『14歳からの哲学』）

池田さんにとって「考える」とは、その対象と交わることだった。外側から眺めているだけでなく、それを生きてみることだった。自分を偽らずに世界をこころで感じてみることだった。彼女にとって哲学とは、本当の意味で「考え」、「感じる」こと、そして本当の意味で「分かる」ということだったんだ。

ほんとうのこと、真理は、いったいどこにあるんだろう。どうすれば人は真理にふれ、それを「考える」ことができるんだろう。真理を生きることができるんだろうか。そんな問いに池田さんは、こう応える。

> 真理は、君がそれについて考えている謎としての真理は、いいかい、他でもない、君自身なんだ。君が、真理なんだ。はっきりと思い出すために、しっかりと感じ、そして、考えるんだ。
>
> （『14歳からの哲学』）

そうなんだ。君を救うのは、君だ。ほかの誰でもない君自身なんだ。

彼女の言葉は、別なことも教えてくれている。君が、君自身を救い出すことに必要なことはすべて、すでに君自身のなかにあるんだ。君に足りないものなんて何もない。君が幸せになるために必要なものはすべて、すでに君の人生に備わっているんだ。

これからの人生でも、君は自信を失うことがあるかもしれない。でも、忘れないでほしい。自信とは獲得するものではなく、ぼくたちがしばしば口にするように「取り戻す」ものなんだ。君から自信が消え去ることは、けっしてない。

やっぱり、見えないことと存在しないことはまったく違う。君の希望、君の人生の意味、君の祈り、それらはみんな見えなくて誰にもさわることもできないけれど、ちゃんと存在する。君にも、ぼくにも真理は宿っている。このことを、ぼくに実感させてくれたのは、ほかでもない、君なんだ。

ありがとう。君がこうしてぼくの手紙を読んでくれるだけで、ぼくの人生は意味深いものになる。

III

見えない涙

少し悩んでるようだね。悩んでいるときはいやだけれど、でも、とても大切なことが起っているのかもしれないね。池田晶子という哲学者がこんなことを書いている。「人は、自分の人生に密着しすぎている、そんなふうに感じることがある。別の言い方をすれば、人は人生を生きるのは自分であると思いこんでいる」。そして、この一節には、こんな言葉が続くんだ。「『私が』物語を生きているのではない。〔中略〕『私は物語によって生きられる』」（『あたりまえなことばかり』）。「物語」と池田さんが書いているところを「問い」と置き換えてみたらどうだろう。悩むときというのは、人生が、ぼくらに何か重要なことを問いかけているときかもしれないんだ。さらにいえば「問い」は、「使命」と書き換えることもできる。

別なところで池田さんは、悩まないで、考えよう、と書いている。悩むというのは自分で悩むんだけれど、考えるとき人は、他者にむかって、歴史に向かって広く開かれる、と彼女はいうんだ。悩むのは頭だけれど、考えるのは、魂だというんだろうね。彼女にとって魂は、こころとからだをつなぎ止める何かで、さらに肉体が滅んでもけっして朽ちることのない存在だった。

見えない涙がある、そういったら君は驚くだろうか。眼に涙があふれるように、魂が涙に洗われることがある、といったら君はどう思うだろう。今日、手紙を書こうと思ったのは、君と一緒に涙をめぐって、それも見えない魂の涙をめぐって考えてみたいと思ったからなんだ。

悲しみの底にあって、泣き暮らすうちに涙が涸《か》れる。君はそんな経験はないだろうか。ぼくは、ある。もっとも悲しいと思ったとき、ぼくは泣いてなんかいなかった。もっといえば、そのときは悲しいとすら感じてはいなかった。それまで知っていた悲しみとはまったく別な感情に包まれながら、ある時期、ぼくは生きていた。

今年の夏、広島に行った。何度目の広島だろう。ぼくは人生の節目のとき、なぜかこの土地を訪れたくなる。広島の原爆ドームの横に小さな詩碑がある。そこには原民喜《はらたみき》という文学者の言葉が記されている。原さんは広島に生まれ育ち、彼も被爆した。君は、原爆投下後の広島を描いた彼の「夏の花」という作品を読んだことがあるだろうか。そこにはこんな言葉が刻まれている。

死体は甥の文彦であった。上着は無く、胸のあたりに拳大の腫れものがあり、そこから液体が流れている。真黒くなった顔に、白い歯が微かに見え、投出した両手の指は固く、内側に握り締め、爪が喰込んでいた。その側に中学生の屍体が一つ、それから又離れたところに、若い女の死体が一つ、いずれも、ある姿勢のまま硬直していた。次兄は文彦の爪を剝ぎ、バンドを形見にとり、名札をつけて、そこを立去った。涙も乾きはてた遭遇であった。

原さんは自分の甥が亡くなった姿と、それを見る兄弟の様子を「涙も乾きはてた遭遇であった」と書く。原さんも悲しみが極まるとき、涙すら出ないことがある、というんだ。

もう一つの代表作「鎮魂歌」という作品で原さんは、こんな言葉を刻んでいる。

自分のために生きるな、死んだ人たちの嘆きのためにだけ生きよ、僕は自分に繰返《くりかえ》し操返し云いきかせた。それは僕の息づかいや涙と同じようになっていた。僕の眼の奥に涙が溜《たま》ったとき焼跡は優しくふるえて霧に覆われた。僕は霧の彼方の空にお前を見たとおもった。

「僕の眼の奥に涙が溜ったとき焼跡は優しくふるえて霧に覆われた」とはどんな

光景だろう。迫りくる悲しみに耐えきれず、主人公の眼の奥には涙がたまっている。でも、それが頬を伝わることはない。彼は悲しみの底にあるけれど涙を流さない。彼が痛いほどに悲しんでいることは、その表情からだけでは窺い知れない。でも、魂は涙であふれている。

もし、悲しみが深まったとき、涙が涸れるのだとしたら、涙を流さず悲しんでいる人がいることになる。だから何気《なにげ》ない顔をして、街を歩いている人々のなかにもきっと、深い悲しみをたずさえている人はいる。でも、世の中ではそうした人々の悲しみが真剣に考えられることはほとんどない。

悲しみを力に、という人がいる。でも、原さんの言葉を読むと彼の内面で起っていたことは、悲しみが力だったと言った方が精確なのかもしれない。悲しみが深いところで人々をつなぎ、はげまし、慰める。悲しみから人を救い出すのはもう一つの悲しみであることに原さんはきっと、気がついていたんじゃないだろうか。

「鎮魂歌」の舞台は広島だけじゃない。大空襲後の東京を描き出されている。この作品を書くことで彼は、広島で起こった個の経験に深く根を下ろしながら、そこに留まることなく、悲しみと嘆きを通じて、未知の悲歎《ひたん》を生きる人々と手をつなごうとしている。同じ悲しむ人々とつながろうとしている。悲しみこそが人をつなぐことを、文学を通じて証《あかし》しようとしている。

小林秀雄という批評家がいる。彼も悲しみの底に生の意味を見た人だった。「モオツァルト」という作品に彼はこう書いている。

……かなしさは疾走する。涙は追いつけない。

あまりに悲しみが深まるとき、涙は追いつけないと小林さんは言う。この作品を書き上げるすこし前彼は、お母さんを亡くした。だから作品の冒頭には「母上の霊に捧ぐ」と書かれている。

この作品は今でも、小林秀雄の代表作として多くの人に読まれ、また、論じられてもいる。でも、彼のお母さんに思いを馳《は》せる人は少ない。

作品を書いた小林さんにとっても、何を書いたかと同じくらい、もしくはそれ以上にこの作品が、亡き母の助力によって生まれたということが重要だったのかもしれない。

「モオツァルト」を読むことは、この作品に書かれていることについて理解するだけでなく、その言葉が湧き出るところに、読み手であるぼくらも立ってみようとすることじゃないだろうか。

何かに「ついて」知ることと、何か「を」知ることとはまったく別なことだ。たとえば、ぼくがどんなに詳しく君について調べても、君を本当に理解したことにはならない。むしろ、調べることで分ったと思い込めば本当の意味で君を知ることからどんどん遠ざかっていく。

でも、君と本当に心を開いて語り合って、君を理解しはじめたら、それは二人にとってかけがえのない出来事になる。ときには分かりあうのに言葉がいらないこともある。

悲しみだって同じだ。悲しみはいつも、それについて知ろうとする者を拒む。

でも、近くで悲しみを感じたいと願う、もう一つの心にはどこまでも開かれてゆく。

君が悲しいとき、何があったのかと、ずけずけと理由を尋ねてくる者と、君が話し始めるのをじっと待って、君の言葉に耳を傾ける人と、君はどっちを信頼するだろう。答えは、相手も同じなんだと思う。

泣いている姿を見ると人は、悲しんでいると思う。でも、必ずしもそうじゃない。うれしくて泣くときだってある。感動して泣くときだって少なくない。そんなことはみんな経験しているはずなのに、人は涙を見ると、すぐに悲惨さと結びつけたがる。その一方で、泣いていない人にも大きな悲しみがあることに人は、なかなか気が付かない。

泣いていないのを見ると、人は元気そうでよかった、なんていう。そうした言葉は、君を悲しませることはないかもしれないが、孤独にするかもしれないね。不用意な励ましは、人をいっそう孤独にすることがある。

世間では、孤独を独りでいることのように語るけれど、孤独は、むしろ、人々のなかにいるときに強く経験する感情でもある。
悲しみは理解されることよりも、温められることを待っているんじゃないだろうか。悲しみを真に温めることができるのは励ましの声じゃない。もう一つの別な悲しみなんだ。柳宗悦《やなぎむねよし》という思想家がこんなことを書いている。

悲しさは共に悲しむ者がある時、ぬくもりを覚える。悲しむことは温めることである。悲しみを慰めるものはまた悲しみの情ではなかったか。
（『南無阿弥陀仏』）

柳さんは「民藝《みんげい》」という古くて、しかし、新しい美を発見した。彼は、日本全国だけでなく、韓国や中国、あるいはヨーロッパからもさまざまな工芸品を集め、日本民藝館という民衆がつくった工藝品《こうげいひん》によるこれまでにない美の殿堂を作った。「民藝」には民衆の悲しみが宿っている、そこに真実の美が生まれると柳さんはいう。彼は、美の使徒と呼ぶべき人物でもあったけれど、きわめて優れた哲学者でもあった。美は、人間を救い得るか、それが彼の生涯を貫いたもっとも大切な問題だった。それは、悲しみは人を救うかという問題でもあったんだ。

悲しみを直視できるこころにこそ本当の強さが宿っていることは、先に見た原民喜さんの言葉にもはっきり感じることができると思うんだ。強いとは、悲しまないことじゃない。悲しみながらも生きていることなんだ。

同時代で、ぼくがもっとも敬愛する思想家高橋巖《いわお》さんの著作『ディオニュソスの美学』にこんな話があった。

二十世紀スイスを代表する芸術家ヨハネス・イッテンが画家を目指している人たちにデッサンを教えようとしていたときの話だった。イッテンは、中世の画家グリューネヴァルトの「嘆きのマグダラのマリア」を模写するようにと生徒たちに伝える。

すると学生たちは、早速絵筆をにぎって画こうとする。そのとき、イッテンは学生たちにこう言った。この絵を見て、涙で目が曇って、模写することができません、そういう者だけが真の画家になることができる。

同じことは文学にも言える。ぼくらは原さんの小説を読んで、何かを語ろうとする前に、それを受け止めることに熱情を捧げなくてはならない。ぼくらは作品を読むことを通じて、わずかだが、原爆投下という深い悲しみの歴史に連なることができる。書かれた言葉は、それが真に読まれたときに新生する。絵を見ることがそうであるように、言葉を読むことも本当に創造的なことなんだ。それは続く者に託された使命でもあるんだ。

悲しみを忌《い》み嫌《きら》う時代、その意味を問うことのない時代は、悲しみだけでなく、勇気をも見失っているのかもしれない。悲しみが勇気を生むことを現代は、どうして忘れてしまったんだろう。

深く悲しんだ人に、輝くような勇気が宿っているのを、ぼくはこれまでに何度か見たことがある。彼らは多くを語らない。でも、そうした人々との出会いによって人生は大きく変化してきたように思うんだ。

君が苦しんでいるのを見るのはつらい。でも、頼もしくもある。君が自分の人生を生き始めているのを感じるからだ。人生の問いが、君を育み、豊かにするのをはっきりと感じる。悩まないで、でも、安心して考えるといい。考えることはけっして君を裏切らない。

一つだけ助言がある。しっかり食べること。ちゃんと寝ること。この二つが考える糧《かて》なんだ。食べることは肉体の、寝ることは、君の身体だけでなく、心の糧になる。

魂の花

現代人はみな、何かを語ろうと一生懸命だ。聞く前に語ろうとする。よく見る前に口を開く。でも、言葉を失うような経験をした人は、そんなことをしない。彼らは、語り得ないことのなかに真実があることを知っているからだ。語る言葉よりも聞く言葉のなかに本当のことがあることを身をもって体験しているからだ。

かつてハンセン病という病気をめぐって、大きな悲劇があったことを君は知っているだろうか。その問題が今も続いていることを、君たちは学校で学ぶのだろうか。もし、学ぶ機会がないなら、いつか君といっしょに岡山県の長島にある愛《あい》生園《せいえん》に行きたい。今、愛生園はかつてハンセン病で苦しんだ人々の療養施設になっている。そこに暮らす人の話を君にも聞いてほしい。聞くということが、いかに意味深い営みであるかを君に経験してほしい。

ハンセン病は、「らい菌」という細菌が原因となって発症する感染症で、この病にかかったある人は、手や足の指、あるいは目、鼻、耳などを失う。命を落とした人も多くいた。一九四三年に治療薬が開発されるまでは不治《ふじ》の病だった。敗戦国である日本にその薬が入ってきたのは戦後数年たってからだった。この薬がすべての人に効果があったわけではない。人々の苦しみはそれからも続いた。しかし、医学は進歩し、ハンセン病は、現代の日本では、完治するだけでなく、発症することもきわめて少ない。かつてこの病気に苦しんだ人々も、今では完全に治っている。

その一方で、後遺症による生活の不自由と言われなき差別の問題はまだ、解決していない。そして、忘れてはならないのは、経済的に貧しい国々で、十分な医療を受けることができず、この病に苦しんでいる人がたくさんいることだ。

かつて日本には「癩《らい》予防法」というこの病気を生きる人々を隔離する法律があ

った。戦後になってひらがな表記の「らい予防法」が制定されたのは、一九五三年だった。法律が撤廃されたのは、一九九六年、病気が完治することが分かってから数十年の月日が経過していた。

病気は存在しない。いるのは病を生きる者だけだ。これからの人生で君は、容易に治癒《ちゆ》することのない病を生きる人たちに出会うだろう。それは君の大切な人かもしれない。でも、病気に目をうばわれて、その人間から眼を離すようなことがあってはならない。その人が生きる姿から眼をそらしてはならない。

一昨年の春、愛生園に暮らす知人を訪れて、半日かけて島を案内してもらい、これまでの生活をめぐっていろんなことを聞かせてもらった。話してくれたのは宮﨑かづゑさんという女性で、今も長島でだんなさんと二人で暮らしている。

幾度となく彼女が語ってくれたのは、どれだけ悲惨な経験をしたかではなく、どれほど幸せかということだった。宮﨑さんには『長い道』というエッセイ集がある。そこでも彼女は、いかに幸福を発見したかを語った。

話しても書いても、彼女の言葉はいつも幸福に満ちている。幸福な人間とは、世間が「幸福」だという条件を作り出した人間ではなく、どこにも幸福を見出すことができる人間であることを宮崎さんは体現している。

「もともと私、自分を不自由だと思うことがあまりなかった気がします」(『長い道』「島の七十年」)と彼女は語る。そして「若いころを振り返ると、らい患者であるということはさておき、喜んだり、苦しんだり、生活することにいっしょうけんめいの毎日だったように思います。でも、頑張りませんでした。楽しかった」とも書いている。

ハンセン病であることがわかり、宮崎さんが愛生園に来たのは十歳のときだった。右足も十九歳のときに切断している。彼女には指がない。親しい人が逝くのを何人も見送らなければならなかった。五十代になるとうつになった。それでも彼女は幸せだったと語る。宮崎さんにとって、日常を生きるということはそれだけで幸福なことだった。彼女の本にある、次の一節を忘れることができない。

手も、酷使しているうちに、関節の中があかぎれ状態になって傷ができてしまう。あて木などをして完全に手を使わないようにすれば治るんですけれども、指包帯をした手で掃除洗濯やお勝手で水仕事をしているあいだに、だんだん指先に血液がいかなくなって、細くなって色が白くなり、うすむらさき色になっていくんです。ひとによって症状はいろいろですが、私の場合は気をつけてはいても、水を使うとどうしてもそうなってしまう。医局で診ていただいて、先生が私の顔を見ながら「だめやなあ」と言い、私も「だめですねえ」と言って切断することになります。

こんなふうにして一本一本、指を切っていって、いまはすべての指を失いました。家事も何もしなければ指を守ることはできましたけれど、まったく後悔はありません。最近、園内の知人が「かづちゃん見て、こんなになった」と指を失った手を出して見せましたので、「あんた、よく働いたんだねえ」って言いましたら、「かづちゃんならわかってくれると思った」と言ってくれました。

宮崎さんと親友が分かりあう。でも、二人の間に、何があるのか、その真実をぼくらは容易に理解することはできない。しかし、それでも何か、とっても貴い出来事がここにあることは感じることができる。

家事は宮崎さんにとって、文字通り、身をささげても惜しくない営みだった。毎日の料理や洗濯、食器を洗うことなどの一つ一つの日常の営みに人生の真実が潜んでいることを、彼女は知っている。そしてそこに何かを、けっして失われない何かを見つけたから、「後悔はありません」と彼女はいうんじゃないだろうか。

人は、今を生きるしかない。そして、人は、いつ死ぬかわからない。そんなことを書いたり、話したりはしないが、宮崎さんが見て来た現実はそうだった。彼女は、自分の人生の経験に忠実に生きている。幸福は、未来にあるのではなくて、どんな状況下でも、今に見出すことができるものであることを、彼女はぼくたちに教えてくれている。

『長い道』に「あの温かさがあったから生きてこれたんだよ」と題する文章があ

る。宮崎さんにはトヨちゃんと呼ぶ親友がいた。彼女との日々を描いたエッセイだ。トヨちゃんは、愛生園でも「誰一人知らぬ人もないくらい病気が酷《ひど》」かった。でも宮崎さんは、そんなトヨちゃんを「何ごとも喜べる人だった」と書いている。病院に行く。するとトヨちゃんは、病院に行けることがうれしい、と言う。行けないような状態があることを、彼女はよく知っているからだ。状態が悪くなって、彼女は動けない。医師が彼女のもとを訪れる。すると彼女は、「来てもらえることがうれしい」と語る。視力が奪われそうになったときも彼女は、「視力が消えそうだけど、でも完全には消えてない。これってうれしいわあ」と洩《も》らした。

トヨちゃんにとって幸福は、人間が実現するものではなく、発見するものだった。トヨちゃんの肉体は自由に動かない。しかし、彼女の魂はどこまでも人生という泉を掘っていく。そこから尽きることのない水が湧きあがる。宮崎さんはその「水」をたくさん飲んだ。ぼくは、そのことを書き、また、話してくれる宮崎さんからも同じ湧き水がほとばしり出ているのを感じる。

宮崎さんの家は、あぁ、ここに幸せがある、ということがすぐに分かる、そんな空間だった。ぜいたくなものは何もない。宮崎さんとだんなさんがいる。質素な日用品が二人を取り囲んでいる。そこには、二人の思いやる気持ちと信頼、そして出会えたことの喜びが今も満ちている。二人は、互いが、なくてはならない存在であることを本当に知っている。そして、毎日が、かけがえのない時であることを深く味わっている。

人は毎日、出会い直すことができる。何十年いっしょに暮らしていても、人間は、関係を日々新しくすることができる。

君に大切な人ができる。でも、君はいつかその人と別れなくてはならない。人はいつか死ななくてはならないからだ。最後の日がいつになるのか、ぼくらは知ることはできない。それが現実なんだ。幸福とは、今に愛《いと》おしみを感じることなのかもしれない。

宮崎さんに会ってから一年ほど経ったとき、『長島の海に魅せられて』という彼女の二冊目の散文集を頂いた。私家版で十冊しか作らなかったと伺《うかが》った。

　この小さな本には題名通り、長島という小さな場所での日常が描かれている。そこでは本当に自分の人生で経験されたことだけが語られている。彼女は、自分の経験を語っているだけなのに、その言葉は、ぼくのような未知の他者の人生にも深い意味があることを示してくれている。ひとりひとりの人間には、他の人にはになうことのできない、固有の意味があることを教えてくれる。君は君、ぼくはぼくになるために生まれてきた。それなのに人は、いつも何者かになろうとする。宮崎さんの人生は、そうした愚かな行いからもっとも遠いところにある。

　十歳のときから宮崎さんは、ほとんどの時間を長島で過ごした。でも、もし、彼女の文章が外国語に訳されたなら、世界の人の心を熱くし、また、烈しく揺さぶるだろう。深く生きる者は、その場所を動かなくても多くの人とつながることができる。


　生きるとは、ちょうど自分の遺骨が入るほどの小さな穴を掘ることに似ている、そう思うことがある。そこに自らの魂の花を咲かせることを求められているように感じる。

種をまき、水を与え、育てるのが仕事なのに現代の人々は、その場所を捨てて、どんどん遠くへ歩こうとしているように思えることがある。手のひらほどの四角い穴を掘ることが仕事なのに、乗り物をさがしてほかの国にまでいっても、そこに捜しているものは見つからない。

手紙というのは不思議だね。こうして書き終わってみると君に会ったような気持ちになる。君がいなければ手紙は書かない。ありがとう。君に手紙を書いているぼくは今、確かに幸せを生きている。

読むと書く

この前の手紙で、長島愛生園で会った宮﨑かづゑさんのことを書いた。彼女は若いころから読書が大好きだった。十代のある時期、彼女は、園内の管理者からのいじめに遭い、また医師からは、足の切断をほのめかされていた。当時をふりかえって彼女はこう語っている。

この時代がいちばんの心の闇でした。闇という言葉は知りませんでしたけれど、望みもなくてなおのこといっそう、本の中の物語にのめりこむようになっていきました。

何気ない一文だけど、なかなか書けない。闇という言葉は知らないが、たしかにそれを生きたと彼女はいう。これは本当に暗さに生きた者だけが紡《つむ》ぐことのできる言葉だ。

闇は、光が失われた状態ではなくて、光の凝縮《ぎょうしゅく》であるといった人がいる。宮崎さんも闇を感じるその一方で、かすかな光を感じている。むしろ、光があるから、闇があることを感じている。光は、言葉の奥に潜んでいることを幼い心は敏感に察知している。

宮崎さんと同じく長島愛生園で暮らし、優れた短歌を数多く残した明石《あかし》海人《かいじん》(一九〇一～三九)という歌人がいる。彼もハンセン病だった。

二十五歳のときに結婚し、子供を授かり、教師として周囲から信頼を得ていた彼に病が見つかる。職を失い、家族と別れ、病院を渡り歩き、病状が悪化し、担ぎ込まれるように三十二歳のときに愛生園に来た。和歌を始めたのはその翌年からだった。三年後、彼は視力を失う。三十八歳で亡くなった。彼は、こんな一首を残している。

わが病むも彼ゆゑにかも思ひいでて或《あるい》は疎《うと》みあるひはいたむ

これは、幼かったころの日々が歌われた作品で、「彼」というのは少年だった明石海人と机を並べていたある子供のことを指している。今から思えば彼も同じ病だったのが分かる。そう思うと病気を自分にうつした彼を疎ましくも思うが同時に、彼を思うと深い痛みを覚える、というんだ。

正直な歌だ。疎ましく思う気持ちに偽りがないように、同じ病を背負わなくてはならなかった「彼」への情愛にも嘘はない。

海人は自分の歌集『白描《はくびょう》』の序文にこう書いている。「深海に生きる魚族のように、自らが燃えなければ何処《どこ》にも光はない」。どこを探しても光はない。自分が光にならなくては、どこに光がありえようか、というんだ。

幼い宮﨑さんもそう感じていたんじゃないだろうか。こころの闇に光をもたらしたのは、読むことだった、と彼女は言う。

十九世紀フランスの作家アレクサンドル・デュマの地中海を舞台にした小説『モンテ・クリスト伯』を読んだときのことを振り返って宮崎さんは、「本を読んでいるあいだは、主人公といっしょになって地中海のすみからすみまで、あの港からこの港へと船ではしりまわって、ほんとに楽しかった」（『長い道』）と語る。さらに彼女は、「行きづまっているとき、心が自由だったのは、本の中の地中海があったから」とも書いている。

これらの表現を君は、どう感じるだろう。本の中に海があるわけがない。比喩《ひゆ》だと思うのは簡単だ。でも、彼女の経験が、言葉のとおり、あるいはそれ以上の現実味をもっていたと言ったら、ぼくらはどう考えたらいいんだろう。

本のページを開いても海なんかない。でも、ぼくらの心のなかはどうだろう。ぼくらのこころの中には「海」だけじゃなく、もう一つの宇宙があるんじゃないだろうか。

優れた詩人たちにとって想像するとは、内なる世界を創造することだった。リルケは『ドゥイノの悲歌』でこう謳った。リルケは、内なる世界を「内部」と呼ぶ。

愛する人たちよ、どこにも世界は存在すまい、内部に存在するほかは。
われわれの生は刻々に変化して過ぎてゆく、そして外部はつねに痩《や》せ細って
消え去るのだ。

（手塚富雄訳）

この詩と同質の響きが、宮崎さんの言葉にもないだろうか。闇の中にあっても、こころが自由であり続けたのは、内なる「海」があったからだという宮崎さんの言葉を、明石海人もリルケもまた、疑ったりはしないだろう。彼らにとって内なる世界は避難場所ではない。むしろ、魂を磨き、また、養う場所だった。

詩を書こうとする若い人に送った手紙にリルケは、外にだけ眼を向けてはならない、まず、見つめるべきは内部だと書き送っている。

……そんなことは一切おやめなさい。あなたは外へ眼を向けていらっしゃる、だが何よりも今、あなたのなさってはいけないことがそれなのです。誰もあなたに助言したり手助けしたりすることはできません、誰も。ただ一つの手段があるきりです。自らの内へおはいりなさい。

（『若き詩人への手紙』高安国世訳）

世界の真実は、人間の内部で明らかになる。それは特別なことじゃなく、むしろ、ぼくらが日常で経験していることではないだろうか。多くの人が、それを忘れているだけじゃないだろうか。世界をどう感じるか、どう認識するかは、魂の営みなんじゃないだろうか。君もぼくも目で文字を追う。でも、そうじゃない人もいるんだ。真実の言葉は魂で読むのだと教えてくれる人がいる。

私は聖書をどうしても自分で読みたいと思った。しかしハンセンで病んだ私の手は指先の感覚がなく、点字の細かい点を探り当てる事は到底無理な事であったから、知覚の残っている唇と、舌先で探り読むことを思いついた。これは群馬県の栗生楽泉園《くりゅうらくせんえん》の病友が始めたことで、私にも出来るに違いないという一縷《いちる》の望みがあったからである。

（『闇を光に』）

この一文を書いたのは近藤宏一さんという人で、宮﨑さんと同じく愛生園に長く暮した人だ。彼は全盲だった。先の一節にあったように指先の感覚も失われている。

愛生園には視力を失った人が少なくない。目の見えない人は点字で読む。しかし、指先の感覚のない近藤さんは点字を指で追うことができない。彼は、違う施設で点字を舌で読んだ人がいると聞いたことを思い出し、自分もできるのではないかと思う。

「一縷」とは、一本の糸ほどわずかな、ということで、そんな希望をたよりに彼は、舌で点字を読もうとする。点字の凹凸は、柔らかい唇と舌先に当てるには硬く、「コンクリートの壁をなでるような痛み」だったと近藤さんは書いている。

口の周りが血まみれになる。でも彼は読むことを止めない。痛みに耐えながら聖書を読むのは、自分のためだけではなかった。読むことのできない仲間のためでもあったんだ。愛生園では見える人は、見えない人のために音読をする。彼も自分で読んだ経験を仲間に伝えようとしていたんだ。

ぼくらも聖書を読むことはできる。でも、ぼくらの聖書と、近藤さんが血まみれになって読んだ聖書には同じ言葉が刻まれているんだろうか。ぼくらは目で文字を追い、それを理解する。でも、近藤さんは違う。「ある者は点字聖書の紙面に舌先を触れて、直接神のことばを味わうでしょう」とも近藤さんは書いている。

これは文字通りの経験だったんじゃないだろうか。肉体が食べ物を欲するように、魂は言葉を求める。彼にとって言葉は、文字通りの意味での「糧」だった。食べ物が消化され、代謝されることで栄養になるように、言葉は、真にぼくらの魂で感じられたとき、本当のコトバになるんじゃないだろうか。

本を読むとは、そこに潜んでいる見えないコトバを浮かび上がらせることではないだろうか。近藤さんの文章を読んでいるとそう思えてくる。言葉は読まれることによってはじめて世界にむかって羽ばたくことができる。読むことは、言葉をコトバとして新たに生み出すことじゃないだろうか。

聖書と同じように彼は、点字の楽譜を読んだ。近藤さんは仲間たちといっしょに「青い鳥楽団」というハーモニカ楽団を組んでいた。仲間たちも同じ病を生き、愛生園で暮らした人々だった。点字の楽譜を読むことができれば、「青い鳥楽団」の活動が広がり、また、深まる。彼らにとっては音楽もまた姿を変えた「言葉」だった。近藤さんは、音楽にふれ、こう書いている。

「詩は神より与えられた最高の言葉である」と、ドイツの詩人が言ったが、私は「音楽は神より与えられたもっともうるわしい言葉である」と言いたい。

(『闇を光に』)

音楽は見えない。ふれることもできない。でも、深い意味をぼくらのこころに響かせる。ここで語られている「言葉」は、ぼくらが本を開くと飛び込んでくる言葉と同じだろうか。彼には、見える言葉の奥にある、見えないコトバがはっきりと感じられているんじゃないだろうか。

近藤さんは詩もよくした。優れた詩がいくつも残っている。彼は、舌で点字を読んで、点字で書いた。彼は点字で言葉を紡いだ。喩《たと》えじゃない。彼の言葉を読むとき、ぼくはそこに美しい織物のような色を見る。色を見ることができない人の言葉に、広がる無数の色を感じる。

近藤さんは、楽団の仲間たちをこう謳っている。色だけじゃない。音すら聞こえてこないだろうか。

健ちゃん
萎《な》えたその手にハーモニカは持てるか
いや　持たねばならない

その唇に　ドレミは唄えるか
いや　唄わねばならない

外には風が吹いている
外を吹く風は冷たい木枯らしだ
木枯らしは萎えた手の皮膚をいためる
足のひびわれに血をにじませる
そして　ぼくらにはぼくらの風が吹いている
ああ　ぼくらの心を吹く風よ
それは決して冷たくない

健ちゃん
萎えたその手にハーモニカは持てるか
いや　持たねばならない

その唇に　ドレミは唄えるか
　いや　唄わねばならない

（『闇を光に』）


「唄わねばならない」、そう彼らが感じるのはなぜだろう。

　彼らは、音楽という見えないコトバに光を感じた。彼らは今、その光を一人でも多くの人に運ぼうとしている。彼らにとって読むことが、自分のための行いであると同時に、常に仲間のための営みでもあったように、彼らにとって唄うとは、自分の魂を照らす光を仲間たちにも届けることだった。

　演奏を聴いた人は、耳に響く音の彼方に、魂に直接こだまするものを感じたのだろう。「青い鳥楽団」は、多くの人に求められ、いろんなところで演奏した。日本だけでなく、海外でも演奏した。

　最晩年、近藤さんはガンになった。周囲の人は入院をすすめる。でも、近藤さんは愛生園を離れようとしない。病状が悪化して、病院に入るが、彼は愛生園に戻ってくる。

人望の厚かった近藤さんの周囲には、彼を慕う者がいた。佐々木松雄さんもその一人だ。死の到来を感じながら近藤さんは、佐々木さんにこう語ったという。「僕はここで死ぬ。松雄君、僕は弱いよ。これが僕の総てだ」（佐々木松雄「近藤宏一さんの思い出」）。近藤さんは自分を理想化されることを嫌った。むしろ、強さも弱さも超えて、人間が存在することの貴さを身をもって示そうとする。

表を見せ裏をみせて散る紅葉《もみじ》

江戸時代の名僧良寛が晩年、愛したとされる句だ。人は、表も裏も見せながら生き、そして死ぬのがよい、というんだ。表とは人から敬われたり、愛されたりすること、裏とは、弱さでもあり脆《もろ》さでもある。その両方を、ありのままに生きる、それは良寛の理想でもあったのだろう。近藤さんは、文字通りそう生きた。そして、その生は、続く者にしっかりと受け止められている。

自分にとって大切な言葉に出会うとは、見えないお守りを身につけるようなものかもしれない。それは危機にあるときよみがえってきてぼくらを助けてくれる。

人は試練を生きなくてはならないときがある。そんな日々にもきっと、この手紙に引いた宮﨑さんや近藤さんの言葉が、そっと君を守ってくれる。君を深いところで支えてくれる。

IV

天来の使者

今は、クリスマス・イヴの夜です。どう過ごすかいろいろ考えたけれど、君たちに手紙を書くことにしました。

この数年ぼくは、クリスマスが近づくとどこかで、十九世紀イギリスの作家チャールズ・ディケンズが書いた小説『クリスマス・キャロル』をめぐって話をしている。今年もそうだった。そのとき話したこと、そして、話し終わってみて分かったことを、君たちにむかって書いてみたくなったんだ。

クリスマスは、イエス・キリストの生誕を祝う日だけれど、十二月二十五日はイエスの生まれた日ではない、そういったら君たちは驚くだろうか。今は、生まれたのは冬ではなく、春から秋にかけてのいつかだと考えられている。
十二月二十五日はもともと異教徒たちの太陽神の祝日だった。キリスト教徒にとってキリストは、心に輝く太陽である、ということで、ローマ時代にこの日がキリストの誕生日になったと言われている。こころに光が射す日、それが「クリスマス」だと言えるかもしれない。この本の登場人物は、クリスマスの意味をこう語っている。

ぼくは、クリスマスがめぐってくるたびに、クリスマスってなんてすてきなんだろうと、あらためて思うんですよ。クリスマスという言葉そのものの神聖な意味と、その起源に対する敬意はべつにしてもです。〈中略〉とにかくクリスマスは、親切と、許しと、恵みと、喜びのときなんです。長い一年のなかでもこのときだけは、男も女もみんないっしょになって、ふだんは閉ざされた心を大きく開き、自分たちより貧しい暮らしをしている人たちも、墓というおなじ目的地にむかって旅をする仲間同士なのであって、どこかべつの場所へむかうべつの生きものじゃないんだってことを思い出すんです。

（脇明子訳）

クリスマスは、「親切と、許しと、恵みと、喜びのとき」であり、日ごろ、近くに感じない人とのあいだにも、見えないつながりがあることを思い出すときだというんだ。

人に親切であること、人を許すこと、人に恵みをもたらすこと、人を、自分を喜ばせることは、この日にだけ大切なんじゃない。だから、『クリスマス・キャロル』も十二月二十五日が近づいたときにだけ読む本じゃない。苦しかったり、悲しかったり、人生の意味が見えなくなるとき、暗さにのみ込まれそうなときそっと開いてみる、そんな本なんだ。

それと、さっきの一節で興味深いのは、「クリスマスという言葉そのものの神聖な意味と、その起源に対する敬意はべつにしても」という言葉だね。この人物は、クリスマスが、キリスト教徒だけの祝日ではなく、慰めを必要としているすべての人々に祝福がもたらされる日だ、と言うんだ。

『クリスマス・キャロル』は、一八四三年、イギリスで刊行された。イギリスにはキリスト教徒が多いけれど、そうじゃない人もたくさんいる。ユダヤ教徒、イスラーム教徒、あるいはイギリスに古くから伝わるケルト人の信仰を守る人々もいた。仏教徒もヒンドゥー教徒もいたかもしれない。

この小説は、クリスマスを描いているのに、キリスト教の教会での風景が出てこない。別な言い方をすれば、舞台はすべて教会の外なんだ。そうすることで作者は、クリスマスをあらゆる人々に開かれたものにしようとしている。ここには、宗教の違いを超えて手を携《たずさ》える日でなくてはならない、というディケンズの信念が生きている。そんな本を、キリスト教を信じる人たちだけに独占させるのはもったいない。

この作品にはいくつもの翻訳がある。でも、その多くでなぜか、ディケンズが書いた序詞が削られている。ぼくは、脇明子さんの翻訳（『クリスマス・キャロル』

岩波少年文庫）が一番好きなんだけれど、やっぱり序詞が省かれている。この小説は、次のような作者の一節から始まるんだ。

この精霊が登場する小さな本で、私は彼らにある理想を託してみた。そのことがどうか読者のみなさんの気を損ねることのないように。また、このことが不和の原因となったり、クリスマスの季節や、書き手である私への不穏な感情を生んだりすることがないように。願わくは、精霊たちが皆さんの家々に歓喜をもたらし、人々が精霊を退治しようとしたりすることのないように。

（筆者訳）

この作品には、四人の精霊が登場する。一人は、亡くなった主人公の同僚、あとの三人は過去、現在、未来の精霊、それぞれが主人公に伝えるべきことを託されて次々と顕《あら》われる。

死者も精霊もディケンズには区別がない。先に精霊と訳したところをディケンズは原文で、Ghostという言葉を使っているんだけれど、これは、いわゆる「幽霊」じゃない。大文字表記になっていることから分かるように、作者はこの一語に特別な意味を込めている。

キリスト教では、神には「父と子と聖霊」の三つの姿《ペルソナ》があるという。聖霊はHoly Ghostと書く。ディケンズはこのことを踏まえている。聖霊が神のはたらきであるように、すべてのGhost（「精霊」）もここでは、大いなる者の使者として描かれている。

精霊の姿なんて見慣れないから、出会った人は当然、驚き、恐れる。でも作者は、どうかその姿を見ても、「精霊を退治しようとしたりすることのないように」と言う。なぜなら精霊は、ぼくらを苦しめたりせず、むしろ、ぼくらを支えてくれているからだ、とディケンズは言うんだ。

次の一節の「二人」とは、この作品の主人公スクルージと精霊のことだ。この手紙で引用する文章で「幽霊」と書いてあるところはすべて、「精霊」と置き換えて読んでみよう。

二人はいろんなものを見物し、遠くまで行き、たくさんの家を訪問しましたが、いつもそれはうれしい結果に終わりました。幽霊が病人のベッドのそばに立つと、みんな明るい気持ちになりました。はるかな異国にいる人たちは、故郷を身近に感じました。悪戦苦闘している人たちは、希望を感じて、以前より忍耐強くなりました。貧しい人たちは、豊かになりました。救貧院、病院、監獄、そのほか、不幸やみじめさがひそんでいるあらゆる場所に、幽霊は祝福を残していきました。

精霊は、助けを必要としている人間に寄り添う。そして、その試練をいっしょに耐え抜こうとする。病に苦しむ人には慰めを与え、故郷を追われた人にはふるさとの光景をもたらし、日々の生活に苦労している人には小さな希望と耐える力を置いて行く。時代の不幸を背負う人々には祝福を授けた。

これは単なる作り話なんかじゃない。作者の実感なんだ。精霊は、大いなる者から生者を守護することを託されている、そうディケンズは言うんだ。

この小説の主人公スクルージは、マーレイという友人と高利貸しを営んでいた。スクルージは本当にケチで、真冬でも使用人に暖を取らせない。クリスマスに募金を呼びかける人にも、税金をたくさん払っているんだから、寄付なんかしないと追い返す。貧困にあえぐ人のことなど自分には関係ないと言ってはばからない。四年前のクリスマス、共同経営者のマーレイは亡くなった。その人物が、精霊となって同じクリスマス・イヴの日に旧友を訪れるところから物語が動き出す。

死んだはずのマーレイが姿を現すとスクルージはひどく驚き、慄く。精霊となったかつての同僚はスクルージに、生き方を改めろ、と強く迫る。真剣に善き人になろうと生きなければ大変なことになる、どんなに誠実な人でも、それを実現しようと思えば、まったく時間が足らない、目を覚ませと語気を荒げる。

するとスクルージは精霊に、どうして今になってそんなことを言うのか、あなたはこの世にいるとき、本当にまじめに仕事をしたじゃないか、と問い返す。すると精霊は「仕事だと！」と、大きな声で応じて、次のように続けるんだ。

万人の幸福こそ、わしの仕事であった。慈善、情け、寛容、そして、思いやり——それらがみな、わしのなすべき仕事だったのだ。商売上の取り引きなんぞは、わしに課せられた仕事のすべてから見れば、大海のなかの一滴の水にすぎん！

かつての同僚も、スクルージと同じくらいの守銭奴《しゅせんど》だった。そうした彼が、人間に託されている本当の仕事は、人を慈しみ、情をもって接し、自分と価値観の違う人にも寛容で、助けを必要としている人に思いやりをもって接することが本当の「仕事」だったと言うんだからスクルージは驚いた。

どんなに仕事で成功を収めても、それだけでは人生の「仕事」を果したことにはならない。本当の「仕事」は、別な次元で果されなくてはならない使命であることを精霊は懸命に伝えようとする。

自分のことだけを考えている生き方は、かえって自分を滅ぼす、今からでも人生をやり直せる、本当の「仕事」は、日々の仕事のもう一歩奥に隠れている、精霊はそれをわからせるために来た。人間には、社会的な仕事と同時に魂の仕事がある。でも、人はしばしば、社会的な仕事に忙殺《ぼうさつ》されて魂の仕事を忘れる。それは人生の意味を大きく見失うことだ、と精霊は語る。

精霊は、スクルージを怖がらせようとしているんじゃない。スクルージが精霊の声を魂で聞くことを求めている。魂で聞き、自分の魂の使命に目覚めることを求めている。魂の仕事にふれ、精霊はこんなことも言い残していった。

「人間の魂というものは」と、幽霊は答えました。「遠く広く旅をして、同胞のあいだを歩きまわらなくてはいかんのだ。生きておるあいだ閉じこもっておった魂は、死んだあとでそれをせねばならん。この世の中をさまよって、いまとなっては分かちあえんことばかりを見てまわらなくてはならんとは、ああ、なんとみじめな運命よ！　本来なら、地上にいるうちに分かちあい、幸せへと転じることもできただろうものを！」

魂はいつも、つながりを求めている。慰め、励まし、あるいは慈しみを求める人がいれば、そこに寄り添わずにはいられない。自分から助けを求めている人を探すこと、それが魂の仕事だというんだ。

それは、生きているうちから行わなくてはならない。死者となってからでは、手を差し伸べたいと思ってもそれができない。精霊も静かに見守ることはできる。でも、生きている者がするように手を差し伸べることはできない。

精霊は、他者に手助けしたくて仕方がない。困っている人を見過ごすことはできない。でも、黙って見ているしかないときもある。それがつらい、もっと早く、生きているうちに気がつくべきだった、と精霊は嘆くんだ。

この一節には、作者の死者たちへの信頼があふれている。死者が悔いている姿が描き出されているけれど、ぼくらが感じるのは、慈悲のこころに突き動かされる、精霊となった無私の魂じゃないだろうか。さらに精霊はこう続ける。

なぜわしが、おまえの目に見えておるとおりの姿で、おまえの前に現れたかということは、言うわけにはいかん。これまでにもわしは、目に見えぬままに、何度となくおまえのそばにすわっておったのだ。

精霊は、自分がなぜ現れたのか、その理由を語らない。スクルージが自分でそれに気が付く道程がとても大切な経験であることを分からせようとしている。頭で分かるのではなく、全身全霊で感じなくては、「分かった」ことにはならないと言うんだ。

また精霊は、ぽつりと、スクルージが気が付かないときも、自分は彼の近くにいて彼を見守っていたことを告げる。

この小説には、こんな一節もある。「その近かったことといったら、いまのわたしとあなたくらいの近さでした。なぜって、わたしの魂は、いまあなたのすぐそばにいるわけですからね」。精霊は、いつも、生者の近くにいる。ときに生者自身よりも近いというんだ。

自分自身より、自分に近い他者というと言語的には少し奇妙だけれど、そんな実感はないだろうか。この小説はそんな光景を見事に描き出している。

幽霊はおだやかにスクルージを見つめていました。幽霊の手は、ほんの一瞬ふわっとさわっただけでしたが、年老いた胸には、その優しい感触がそのまま残っていました。あたりに漂っているのは、どれもこれも覚えのある千もの香り、その一つ一つが、とっくの昔に忘れていた千もの思い、希望、喜び、不安と、わかちがたく結びついている香りです。

ぼくらは時々、自分自身を見失う。自分自身がどういう人間であるかということを忘れる。自分がこれまでどう生きてきたか、また、生かされてきたかを忘れ、そして、迷う。でも、精霊は違う。精霊は絶対にぼくらの本当の姿から目を離さない。ぼくらの魂から目を離さない。だから、ときに精霊は、ぼくらよりもぼくらに近い。精霊の手が、スクルージの魂にふれる。するとスクルージは自分にも魂があることに気がつく。忘れていた感覚を取り戻す。

「くちびるが震えてるね」と、幽霊が言いました。「ほっぺたの上に見えるのは、それは何？」

スクルージはただ、悲しくて泣いているんじゃない。彼のこころは、彼の魂は深い喜びに震えている。魂が、もう一つの魂と深く響き合うとき、人は涙を流してその出来事を体に刻もうとする。

さて、ぼくらは何をすれば魂の使命を果していくことができるのだろう。今から実践できる魂の仕事とは何だろう。

貧しい人にお金を差し出すこともそうかもしれない。でも、自分も困窮していればそれも十分にはできない。彼らのために働くことかもしれない。でも、自分も仕事をして食べていかなくてはならない。困っている人のために祈ることなのかもしれない。祈ることはとても大切だけれど、一人で祈るだけでは不十分かもしれない。

マーレイの次に現われた過去の精霊は、時空を越える不思議な力を持っている。スクルージを、彼が社会で働き始めた時代に引き戻す。

実社会のことを何も知らない若い彼を、その社長はとても大事にした。家族と同じように接した。クリスマスの日、社長はスクルージにお小遣いを渡す。すると過去の精霊は、人間を悦《よろこ》ばせるのは簡単だ、わずかなお金をあげればいいんだから、とぽつりと言う。それを聞いたスクルージは、感情を抑えきれないといった様子でこう語った。

それはちがいますよ、幽霊さん。ご主人には、わたしたちを幸福にも不幸にもするだけの力があるんです。ご主人のやり方しだいで、わたしたちの仕事は、軽くもなり、重荷にもなります。楽しみにもなれば、苦しみにもなるんです。ご主人のその力は、言葉とか顔つきといった、一つ一つはささいなことにあるのであって、数え上げて合計を出そうたって、できやしません。だけど、どうです？　それによって与えられる幸せは、一財産を積んだって買えないくらい大きいんですからね。

自分たちが喜んでいるのは、社長からお金をもらったことに対してではなく、自分たちを本当に大切に思ってくれていることが分かるからだ。「その力は、言葉とか顔つきといった、一つ一つはささいなことにある」。そうした誠実に満たされた「言葉」は、どんなにお金を積んでも買えないほど大きな価値がある、そう言うんだ。

自分の言葉を聞いて、驚いたのはスクルージ本人だった。自分が発する言葉をもっとも近くで聞いているのは自分だ。精霊はわざとスクルージを怒らせるようなことをいって、こうした温かい言葉が彼自身のなかに潜んでいることを気付かせようとしたんだ。

もし、誰かを本当に幸せにすることができたら、その人生とその人物の存在は意味深く、この上なく貴いものになる。幸せを感じた人は、確かに生きているということを、頭で分かるんじゃなくて全身で実感する。

それを実現するためには、挨拶《あいさつ》の言葉を投げかけるだけでいい。それが、心の底から出た本当の気持ちであれば、人は十分に他者を幸福にすることができる、とディケンズは言うんだ。むしろ、言葉こそが人に幸福をもたらす、と彼は言うんだ。

この小説の終り近くにも、言葉の力、呼びかけの力が描かれている。

スクルージは両手をうしろで組んで歩きながら、行きあう人の一人一人をにこにことながめました。その様子があんまり楽しそうなので、気のいい人たちが三、四人、「いい朝ですなあ！　楽しいクリスマスを！」と声をかけてくれました。のちになってスクルージがよく言っていたことですが、世の中に楽しい音はいろいろあるけれども、この言葉ほど楽しく響いた音はまたとなかったそうです。

スクルージは、見知らぬ通りすがりの人に、「いい朝ですね、メリー・クリスマス！ Good morning sir! Merry Christmas to you」と声をかけられる。このことはそんなに珍しいことではない。でも、スクルージはあとになっても、人生のなかで、あの瞬間ほど心地よく響いた言葉はないと語る。あのときのことを思い出すと今でも、幸せだった気持ちがよみがえるというんだ。

こんなことってあるだろうか。君はどう思う。ぼくは、これとほとんど同じことを体験したことがある。

ぼくは仕事で薬草を商っている。ある年の冬、妻と仕事でアメリカに行ったときのことだった。朝、ぼくは少し体調を壊してホテルで寝ていた。彼女は、英語もあまり話せないけれど一人で散歩に出た。一時間半ほどして帰って来たとき彼女は、部屋を出たときとは別人のように輝いていた。

様子があまりに違うから、その理由を尋ねると、道を歩いているとき、ビルの二階の外側で窓を掃除《そうじ》している男性が、道を歩く彼女に、笑いながら、Good Morning!（おはよう）と声をかけ、彼女もおもわず、Good Morning!、と言った、それだけのことだというんだ。

　このの出来事をはずむような声で話してくれた彼女の姿は、今でもありありと思い出すことができる。それから何年か経っても彼女は、このときのことを大切な人から贈られたお気にいりの宝物を見せてくれるように話してくれた。

　このとき声をかけた男性は、彼女の内面でどんなに劇的なことが起こったかなんてまったく知らないだろう。それぱかりか彼女に、「おはよう」と声をかけたことすら覚えていないかもしれない。でも確かに、小さな挨拶は一人の人間を救った。

　救うなんて大げさだ、というかもしれない。ぼくはそうは思わない。むしろ、小さな出来事が、ぼくらの人生にどれほど大きく影響しているかを現代人が見過しているだけじゃないだろうか。

　当時、彼女は大きな手術をして、自分があと、どれだけ生きられるのかと大きな不安に包まれていた。働くことが好きで、また、そこに誇りも感じていた彼女だったけれど、弱った肉体はそれを許さない。彼女は生きがいを見失ったようだった。そんな彼女の生活を、見知らぬ人が言った「おはよう」の一言が変えたんだ。

彼女は、不意に、それも予想もしない場所から、自分だけのための「声」がするのを聞く。それを受けとったのは、彼女の聴覚だけでじゃない。魂でそれを受け止めている。

何かを魂で受けとめた者は、自分に魂があることを知る。肉体は滅ぶ。でも、魂は滅びない。自分のなかに滅びないものの存在を本当に感じることができれば、生き方はまったく変わってくる。『クリスマス・キャロル』が語っているように、魂の仕事がもっとも大切な営みになる。

最晩年、妻は寝ていることが苦しいほどに弱っていた。このころ、ぼくたちは彼女の実家で暮らしていた。ほんとうに状況の厳しいある日、ぼくはなるべく彼女の近くにいたいと思ったけど、彼女はできるだけ通常通りの生活をしてほしいと言う。彼女は、自分のことで、会社で働いてくれている人たちに負担をかけることをいやがった。何度もぼくに会社に行ってと言う。

でかけようとして部屋をのぞくと、彼女は微笑んで、「いってらっしゃい」と言った。その様子を目の当りにしていながら、何か信じがたくて思わず、どうしてこんなときにも笑うことができるのか、と彼女に聞き返した。すると彼女はこう言ったんだ。

「今、私はあなたにしてあげられることはこれしかないから」

彼女が亡くなってから、彼女のお母さんと話す機会があって、この日のことを話した。すると、ぼくが会社に向ったあと、妻は母親にこう言ったというんだ。

「会社に行ってくれてよかった。苦しくて苦しくて、そばにいてくれたらきっと、わたしは甘えてあの人に当たっちゃう」

彼女がどれほど苦しいか、そのすべては分からない。でもそれがきわめて厳しいことは見ているだけで感じられる。そんなときでも彼女は、ぼくの前で苦しさを顕《あら》わにするということがなかった。小さく微笑むことを忘れなかった。今から考えれば、苦しいときに限って、少し眠るからといって、ぼくも別室にいって寝るように促していた。

あるとき、あまりに苦痛を訴えないので、つらいときはつらいっていいってもかまわないと話すと、一瞬、真顔になって、彼女はこう言ったんだ。

「もし、わたしがつらさをそのまま表現したら、きっとあなたは耐えられないと思う」

妻の最期の日々をいっしょに生きることで、救われたのはぼくだった。苦しみの中で静かに微笑みながら、「いってらっしゃい」と声をかける。このことは、彼女の生涯でもっとも偉大な営みだったのかも知れない。人は、からだを動かすことができないような状況でも人を絶望の淵から救いあげることができる。

あるいは、痛みを訴えまいと耐える。このとき彼女はぼくを苦しませまいと強く思っている。これほど烈しく人を思う気持ちがどうして魂にふれないはずがあるだろう。

人は、誰かを思ってあえて沈黙する。あるいは、こころからの一言を口にする。話すことができなければ小さく微笑むだけでいい。こうした語りかけは人間の魂を動かす。消えることのない炎を魂に灯《とも》す。

君たちはこれからいろんな人に出会う。そのなかには君を救ってくれる人がいるかも知れない。でも、君たちの言葉を待っている人もいる。窓ふきの男性が、妻を闇から引き出してくれたように、君たちが誰かのそんな存在になるかもしれないんだ。

彼女が亡くなったあと、ある本を読んでいたらこんな一言に出会った。

生きがいをうしなったひとに対して新しい生存目標をもたらしてくれるものは、何にせよ、だれにせよ、天来の使者のようなものである。

（神谷美恵子『生きがいについて』）

人は誰でも天来の使者になれる。こんな誇り高い人生があるだろうか。君たちも突然、天来の使者として働くことがあるんだ。
さて、もうクリスマス・イヴも終りだね。おやすみなさい。
メリー・クリスマス。

あとがき

人間が、この世に残すことのできる、もっとも貴いものの一つはコトバである。コトバは、言語の様式にとらわれない意味の塊《かたま》りを指す。コトバは生きている。喩えではない。大切な人が亡くなる。彼らはコトバとなって私たちの傍らに寄り添っている。

語られることだけがコトバなのではない。悲しむ者の横にあって、黙って寄り添う行為は、ときに励ましの言葉をかけるよりもずっと深く、また確実に相手のこころに呼びかける。沈黙の行いもコトバである。まなざしすらコトバになるだろう。

書くとは、無形のコトバを文字に刻むことである。誰もが小説を書くわけではない。詩、エッセイ、戯曲、批評と領域を広げてみても難しさは付きまとう。だが、多くの人は手紙を書くことができる。手紙に定まった形式など存在しない。私たちは自由に手紙を書くことができる。

手紙は、しばしば、思うようには出来上がらない。書き進めながら、まったく予期しなかった言葉を書く自分に驚くことがある。自分で書いたコトバによって自分のなかに何かが目覚めるときがある。

鎌倉時代の僧に明恵という人物がいる。彼はあるとき、島に手紙を書いた。島にむかって愛《いと》しいと語りかけた。現代人には比喩的な行為に映るが、本人は本気だった。実際、彼は弟子に自分の手紙を持たせて島に赴かせている。彼にとって島は、生きて、コトバを交わすことのできる相手だった。

東日本大震災からもうすぐ三年の月日が経過しようとしている。時間が解決する、との表現があるが、あまり精確ではない。大震災ばかりではない。どんな状況下で起こったとしても、別れによる痛みはどれほど時が流れようと消えることはない。だが、人はいつしか、悲しみや痛みの奥にもう一つの世界があることを知る。悲痛の経験の奥で、うしなったものと、自然とコトバを交わしている自分に気が付く。

受けとる者がいなければ、手紙を書くことはできない。だが、受けとる相手さえいれば手紙を書くことができる。自分にとって、真実の意味で生きていると感じられるものに人は、手紙を書き送ることができる。

手紙を書こう。すでに逝った、愛するものに呼びかけるだけでなく、手紙を書こう。私たちのこころのなかで生きているものたちに向って手紙を書こう。亡くなった人、故郷あるいは懐かしい日々に手紙を送ろう。

手紙を書こう。人はいつかこの世を去らなくてはならない。残される人々にむかって手紙を書こう。


書物が誕生する道程において、執筆者が行い得るのはごく限られた部分でしかない。ことに、本書の場合はそうだった。はじまりは、ＮＨＫの社会部の皆さんが運営しているサイト「こころフォト」に若い人々への手紙を書いたことだった。後日、同様の機会を毎日新聞から頂いた。この二つの「手紙」がなければこの本が書かれることはなかった。寄稿の機会をくださった関係者の皆様に深く御礼申し上げたい。

書き手の元を離れた文章は、編集者、装幀家、そして出版社の営業の力を借りて書店に並ぶ。彼らは誰も書物の誕生という出来事における欠くことのできない協同者である。彼らとは感謝と共に本書の誕生を祝いたい。

最後まで難航したのは書名だった。不思議に思われるかもしれないが、書名はしばしば書き手の自由にならない。それはいのちが生まれるのに似て、顕われ出るまで待たなくてはならない。ここに名前を記すことはしないが、本書のタイトルとなったコトバを、彼方の世界から引き寄せた人物こそ本書に、最初の息吹を吹き込んだ者だった。

本文でもふれたが、私は仲間たちと小さな薬草を商う会社を営んでいる。彼らとの日々は、書くという行為においても著しい影響を与えている。本書も彼らと共に生みだしたもう一つの果実であることを誇りに思う。彼らは日々、病む者に寄り添う薬草を届けている。同質の意味において書くとは、必要とする者にコトバを届けることなのである。

最後に本書の「手紙」の受け手となってくれている人々に、こころからの感謝の意を表したい。彼らとの出会いがなければ、本書はけっして生まれることはなかった。書かれた言葉が、真にいのちを帯びるのは読まれたときなのである。

若松英輔

二〇一四年二月十一日

初出一覧

I

涙のうちに種まく者は、喜びのうちに刈り取る（「悲しみを抱えている人へ」『毎日新聞』二〇一三年九月一一日を改稿）
限りない幸福（書き下ろし）
かき集められた悲しみ（書き下ろし）

II

暗やみの中で一人枕をぬらす夜（「愛〔かな〕しみを経験した君たちへ——若い人々への書簡」こころフォト〈http://www.nhk.or.jp/kokorophoto/yosete/003.html〉を改稿）
嘆きの声に寄り添うもの（書き下ろし）
消えない光（書き下ろし）
君が真理なんだ（書き下ろし）

III

見えない涙（書き下ろし）
魂の花（書き下ろし）
読むと書く（書き下ろし）

IV

天来の使者（書き下ろし）

若松英輔（わかまつ・えいすけ）
1968年生まれ。批評家・随筆家。慶應義塾大学文学部仏文科卒業。「三田文学」編集長、読売新聞読書委員、東京工業大学リベラルアーツ研究教育院教授などを歴任。2007年「越知保夫とその時代　求道の文学」で三田文学新人賞（評論部門）、2016年『叡知の詩学　小林秀雄と井筒俊彦』で西脇順三郎学術賞、2018年『見えない涙』で詩歌文学館賞、2018年『小林秀雄　美しい花』で角川財団学芸賞、2019年『小林秀雄　美しい花』で蓮如賞を受賞。2021年『いのちの政治学』（中島岳志氏との共著）が咢堂ブックオブザイヤー2021に選出。著書に『霧の彼方 須賀敦子』、『14歳の教室　どう読みどう生きるか』、『不滅の哲学 池田晶子』、『読書のちから』、『詩集 たましいの世話』ほか。

君の悲しみが美しいから
僕は手紙を書いた

2014年３月30日　初版発行
2022年12月30日　３刷発行

著 者　若松英輔
発行者　小野寺優
発行所　株式会社河出書房新社
〒151-0051　東京都渋谷区千駄ヶ谷2-32-2
電話03-3404-1201（営業）／03-3404-8611（編集）
https://www.kawade.co.jp/
組　版　株式会社キャップス
印　刷　株式会社暁印刷
製　本　小泉製本株式会社
ISBN978-4-309-02272-7
Printed in Japan

涙のしずくに洗われて咲きいづるもの

若松英輔

死者の姿はみえない。だが見えないことと存在しないことは違う——生の営みの基層に響く「死者」たちは我々に何を語りかけているのか？　生者と死者の真の協働を描く、気鋭の思想家による静謐なる思考。